Hermann Hesse

[德] 赫尔曼·黑塞————著

尹岩松————译

德米安

彷徨少年时

Demian

Die Geschichte von Emil Sinclairs Jugend

湖南文艺出版社
HUNAN LITERATURE AND ART PUBLISHING HOUSE

博集天卷
CS-BOOKY

世界上任何书籍都不能带给你好运，但它们能让你悄悄成为你自己。

——赫尔曼·黑塞

我想要的无非是遵从自己的内心去生活。为什么竟如此艰难呢?

我的这个故事要从很久很久以前说起。对我而言，如果可能的话，我一定会追溯到久远，直达我童年的最初时光，乃至我生命的源头。

　　作家们在创作小说时，往往习惯于把自己视作上帝：就好像他们能够全面而又深邃地审视和掌控人类历史的某个片段。如同上帝自己在将一切娓娓道来，无所不知，深中肯綮。我不具备这种能力，其实作家们也没有这种神通。但我的故事对我来说意义非凡，任何作品对于作家的重要性都是无法与之比拟的。因为它是我自己的故事，是一个"人"的故事——不是一个杜撰、虚构的人，一个理想化或者根本不存在的人，而是一个真实、唯一、鲜活的人。一个真实、鲜活的人到底意味着什么？遗憾的是，时至今日，我们对此的理解甚至不如往昔。每个人都是大自然独一无二的神奇造物，但我们却将无数的生命肆意屠戮。如果我们并非真的如此无与伦比，如果区区一颗炮弹就可以将我们之中的某个人从世界上彻底抹杀，那么，讲述故事将会变得毫无意义。然而，每个人都不仅仅只是个体的存在，他同时也是唯一、独特、始终至关重要而又引人注目的焦点。世间纷繁万象在此交汇，仅此一次，永不再现。因此，每个人的故事都是不可或缺、永垂不朽而又神圣庄严的，任何人只要曾经存活于世、顺应自然，那么他就是伟大的存在，值得我们去用心关注。在每个人身上，灵魂终将幻化成形；在每个人身上，造物都在忍受苦楚；在每个人身上，生命必然得以升华[1]。

如今，很少有人知道，何谓人。许多人领悟了这一点，所以从容赴死。就像我在写完这篇故事后，我也可以从容地面对死亡。

我无法自诩为洞彻万物的智者。曾经，我只是一位探求者，现在，我仍然如此。但我已不再耽于星空之中、书卷之间，而是开始

1　原文为：救世主都会被钉到十字架上，契合黑塞"每个人都具有佛性"的理念。——译者注，下同。

聆听那些让我血液澎湃不止的至理名言。我的故事无法令人愉悦，它并不像杜撰的故事那样甜美和谐，它既荒谬、混乱，又疯狂、迷幻，满怀不容欺瞒的人生百味。

人生就是一条通向自我之路，不断尝试，辨明迷途。从来没有人能够成为完全、彻底的自我，尽管如此，每个人都仍然在努力尝试，或懵懂无知，或灵台清明，个个尽其所能。每个人身上都遗留着自己诞生之时的印迹——子宫的黏液与胎衣，直至生命终了。有些人永远不会成为人，而只能维持青蛙、蜥蜴、蝼蚁的形态，有些人则是鱼尾人身。但是每个人都是大自然创造的结果。我们都以相同的方式来到世上，都源于母亲的孕育，都来自同一渊薮，但每个人都从谷底奋力尝试追寻着各自的目标。我们可能做到相互理解，但真正了解自身的只有我们自己。

目 录 Contents

第一章　两个世界

Demian Die Geschichte von Emil Sinclairs Jugend

我的故事始于我不满十一岁那年，当时我正就读于小城里的拉丁语高中。

　　历历往事如香气般扑面而来，疼痛和惬意的战栗撼动着我的内心：或明或暗的巷道，交错的房屋与塔楼，纷杂的钟声与面孔，温馨、舒适的房间，抑或神秘、恐怖的房间。那气味似温暖的小屋、家兔和女仆的气息，又如家用药品和干果的味道。两个世界在此参差延伸，互为两极的白昼与黑夜在此交替更迭。

　　其中一个世界是我父母的家，更准确地说，那其实是我父母的世界。这个世界对我来说再熟悉不过了，它意味着母亲与父亲、慈爱与严厉、模范与学校。从属于这个世界的，是柔和的光泽，明亮与整洁。这里有轻柔亲切的对话、白净的双手、整洁的衣物和良好的教养。在这里，人们清晨共鸣圣歌，共贺圣诞佳节。在这个世界里，有通向未来的笔直坦途，有义务与责任、忏悔与告解、宽恕与良善、慈爱与敬重、圣经与箴言。我们的未来也属于这个世界，因此，它必须保持明亮整洁，秩序井然。

与此同时，另外一个世界从我们的家中延伸开来。它是一个大相径庭的世界：味道、讲话内容、期待与要求都与我父母的世界全然不同。在第二个世界里有女仆、工匠、鬼怪故事，还有流言蜚语。这里充斥着各种各样阴森而又诱人神往，恐怖而又神秘莫测的事物，如屠宰场、监狱、醉酒骂街的女人、分娩的奶牛、摔倒的马匹，乃至关于盗窃、杀人、自杀的传闻。所有这些或美好或残酷，或原始或无情的事物比比皆是。也许在下一条街巷，就有警察和流浪汉在闲逛；在紧邻的房屋里，就有酒鬼在殴打他的妻子；少女们纺织的线团在夜间涌出工厂；老妇人能够施展魔法，使人患病；强盗们居住在森林深处；纵火犯被乡警逮捕。——这第二个、躁动的世界在遍地涌动，散发气味，无处不在，却未曾到过我父母待过的那些房间里。这真是太好了。在我们身边，和平、秩序、安宁具备，责任和良知、宽恕和慈爱并存。这里也有一些截然不同的东西，所有这些嘈杂刺眼、幽暗残暴的事物，让人们能够随时跃入母亲的怀抱，避而远之。这简直是太美妙了。

最奇妙的是，这两个世界竟如此泾渭分明而又如此亲密无间！比如说，我们的女仆莉娜每到傍晚便会坐在客厅门旁祈祷，用她那嘹亮的嗓音虔诚地与我们同唱圣歌，她那洗净的双手摊放在平整的围裙上，此时，她完全属于父母那个世界，属于我们，通向光明与真理。随后，在厨房或谷仓里，当她向我讲述无头小人的故事，或者当她在屠夫的小店铺里与女邻居争吵时，她就变了个人，这时的她属于那神秘莫测的另一个世界。所有人身上都会发生这种情况，对我而言尤其如此。诚然，我属于明亮真挚的世界，我是父亲与母亲的孩子，但我耳之所闻，目之所及，到处都是另一个世界。尽管它让我感到陌生又畏惧，尽管在那里我会时常心存愧疚、惶惶不安，但我也的确生活在另一个世界中。有时我甚至最喜欢生活在这禁世中，往往返回光明世界——虽然这是必要而又正确的选择——倒更像是倒退至不甚美观、无聊荒凉的境地。有时我也明白：如果要成为像我父母那样的人，我生活的目标清晰又纯粹，优越而又有序。但是，在这之前，长路漫漫；在这之前，我必须有如服刑般上学读书，完成实验，参加考试。在此期间，这条道路总会从另一个昏暗的世界旁经过，甚至是穿越它，一不小心人们便会深陷其中，无法自拔。许多少年便是如此迷失自我。我满怀热情地阅读过很多这样的故事。在这些故事当中，只有回归父母亲的美好的世界方能获得救赎，方显伟大。我完全可以理解：这才是唯一正确的、有益的、值得追求的道路。尽管如此，故事中那些有关邪恶和迷失的内容，对我来说却是更为诱人的部分。平心而论，那些浪子最终悔过赎罪、迷途知返的结局有时读来未免让人有种意兴阑珊的感觉。但是人们不会这样去说，甚至不会这样去想。它只作为一个曾经发生过的想象或可能，深深藏在人们心底。就像如果说到魔鬼的话，我可能会想象它在楼下的大街上，乔装打扮或是原形毕露，或在年市上，在饭店里，但绝不可能出现在我的家里。

我的姐妹们同样属于光明的世界。我时常觉得，她们在本质上更接近我的父母，比我更为优秀、更有教养、更加完美无缺。虽然她们也有一些缺点和坏习惯，但在我看来，那些问题并不严重。她们与我的情况不同，我常常与奸邪为伍，更乐于去接近那个黑暗的世界。姐妹们像父母一样，理应受到呵护关照、值得尊敬。如果有人与她们发生争执的话，事后面对良心的拷问，此人必将认为自己是坏人和教唆者，必须求得她们的原谅。因为侮辱她们就是侮辱她们的父母，侮辱他们的良善与威信。有一些秘密，我宁愿与最放荡的街头无赖分享，也不愿告诉她们。好的时候，在天朗气清、良心发现的日子里，与我的姐妹们一起玩耍的时光确实让人感到快乐，看到自己听话乖巧、表现得体的样子也的确感觉不错。想做一个天使的话就必须如此！这也是我们追求的至高境界。我们幻想着自己变成一个天使，身边萦绕着圣洁的乐音和迷人的芳香，沉醉在圣诞的气氛和幸福之中。这一切多么甜蜜美妙。可这样的日子少之又少。常常是在玩游戏时，原本是大人许可的一些纯真无害的游戏，但我过度的狂热与激情让姐妹们无所适从，最终发生争吵和不悦。当怒火冲破理智时，我就会变得非常可怕，举止癫狂、口不择言，甚至在发声或行动的那一刻我就能深切地感受到自己的行为是多么恶劣。紧接着便是悔恨、懊恼的黑暗时光。下一刻便是痛苦地道歉，乞求原谅。然后又会重现明亮、宁静、感恩而又没有矛盾的幸福光芒。但这只是短暂的时光，甚至是刹那之间的事情。

上中学时，市长和林区主任的儿子也在我们班里，他们有时也会来找我玩耍。他们粗野、鲁莽，但仍然属于光明、正直的世界。即便如此，我还是跟那些邻家男孩关系更为密切，他们是公立学校的学生，一向是我们鄙视的对象。我的故事便开始于其中的一位邻家男孩。

在一个闲暇的下午，我与两个邻家男孩四处闲逛，那时我才刚过十岁。这时，走来一个比我们更高大、强壮、粗鲁的公立中学的男孩，他的年纪大约是十三岁，是个裁缝的儿子。他的父亲是个酒鬼，整个家族都声名狼藉。弗朗茨·克罗默，我听说过他，但也有点惧怕他，所以不想让他加入我们当中。他已经有些成年男子的味道，举手投足间都在模仿工厂里的年轻学徒。在他的带领下，我们从桥边下到河岸，然后藏身在第一个桥拱的下方。圆拱桥壁和缓缓流动的水流之间是一道狭窄的河岸，那上面堆满了垃圾、碎石烂瓦、废物破烂，散乱着成捆的生锈铁丝这一类东西。人们有时也会在这里找到些还能用得上的物品。在弗朗茨·克罗默的带领下，我们把那一片区域翻了个底儿朝天，并把找到的东西交给他看。有些东西他会留下，还有些东西他会随手径直扔到水里。他吩咐我们留意铅、黄铜和锡制的东西，这些他会通通留下来，这其中还包括一把破旧的牛角梳。跟他交往时我倍感不安，但不是因为我知道，父亲如果知情的话便会禁止我们交往，而是因为我从心底里害怕弗朗茨。其实我很高兴他能接纳我，并如同对待他人一样对我。他下达命令，我们便听从。这仿佛是个老规矩，虽然我才第一次与他接触。

完事后，我们都坐到了地上。弗朗茨像个大人一样朝水里吐口水。他把口水从牙缝中吐出，瞅准目标，百发百中。接着，大家开始闲聊起来，夸张地吹嘘着自己在学校的英雄事迹和种种恶作剧。我沉默着，又害怕恰恰是这种沉默会引人注意，惹得克罗默生气。我的两个同伴从一开始就疏远我，听信克罗默。我在他们中间完全就是个异类，而且，我觉得我的着装和举止本就与他们格格不入。我是拉丁语学校的学生，又是个士绅的儿子，弗朗茨无论如何也不会喜欢我这种人。至于其他两位，在我看来，他们在紧要关头也会随时与我划清界限，甚至弃我于不顾。

最后，出于内心极度的惶恐不安，我也开始讲述起我的"事迹"。我编造了一个长长的强盗故事，并让自己成为其中的主角。我说道，有一天晚上，在埃克磨坊旁的一个花园里，我和小伙伴们偷了整整一袋苹果，这可不是普通的苹果，而是上好的莱茵特和苟尔德帕玛内苹果，都是最好的品种。借助这个故事，我得以从当下的窘境中逃脱出来，凭空杜撰和夸夸其谈是我的强项。为了不至于过早重新陷入沉默抑或更尴尬的处境，我使出了浑身解数。我接着讲道，我们一个人放哨，一个人在树上往下扔苹果。最后因为袋子太重了，我们不得不把袋子解开扔掉了一半苹果，但半小时后我们又折返把那一半也带走了。

我还期待着讲完的时候会有一些掌声。最后，我讲得兴高采烈、意犹未尽。而那两个小男孩只是静静地观望着，一言不发。弗朗茨·克罗默则半闭着眼睛打量着我，然后语带威胁地质问我："这是真的吗？"

"是的。"我回答。

"千真万确？"

"是的，千真万确。"虽然我内心恐惧万分，但我还是硬着头皮坚持着自己的答案。

"你敢发誓吗?"

我非常害怕，但还是毫不犹豫地说敢。

"那你说：以上帝和幸福之名发誓。"

我跟着说："以上帝和幸福之名发誓。"

"那好吧。"说完他便转过身去。

我以为事情就这样结束了。随后，当他站起来开始往回走时，我还感到很高兴。当我们走到桥上时，我小心翼翼地说："现在我得回家了。"

"别着急呀，"弗朗茨笑着说，"我们刚好顺路。"

他晃晃悠悠地迈着步子，而我也不敢开溜。他走的确实是去我家的那条路。终于，我看到了我家那熟悉的大门、沉重的黄铜门把手、照进窗子的阳光和我母亲卧室的窗帘，这一刻我不禁深深地呼了一口气。哦，回家! 哦，回到家中，回到光明，回到和平，这是多么美好多么幸福!

我赶紧打开大门，溜了进去。正当我准备把门关上时，没想到弗朗茨·克罗默竟也挤了进来。瓷砖砌成的过道里阴冷昏暗，只有院子里反射过来的一点微光，他站在我的身旁，抓着我的胳膊低声说："你别着急啊！"

我惊恐地看着他。他的双手像钢铁一样紧紧缠住了我的胳膊。我心里揣测着他的意图：他想干什么？他会不会打我一顿？我想，如果我此时用力大喊，那边会不会有人听到呼救迅速跑来救我。但我还是放弃了这个计划。

"怎么了？"我问道，"你想干吗？"

"没什么，我只是有点事要问你，没必要让其他人听到。"

"是吗？那你想知道什么事情？你看，我得上去了。"

"你知不知道，"弗朗茨轻声说道，"埃克磨坊旁的果园是谁家的？"

"我不知道。我觉得应该是磨坊主的吧。"

弗朗茨用胳膊圈住了我，然后把我拉了过去。这样一来，我们的脸都快贴到一起了。他流露出邪恶的眼神，不怀好意地微笑着，脸上满是凶狠和威吓。

"是啊，小家伙，我可以告诉你果园是谁家的。我早就知道，有人偷了那些苹果。我也知道，那个园主说过，如果有人能告诉他谁偷了那些苹果，他就会给那个人两马克作为奖赏。"

"我的天哪！"我大叫一声，"你不会告发我吧！"

我意识到，寄希望于他的荣誉感完全是徒劳的。他来自另一个世界。对他来说，告密不是犯罪。我敢肯定。在这种事情上，这些来自"另一个"世界的人与我们截然不同。

"不说？"弗朗茨大笑道，"小朋友，你以为我是个造假钱的，我能自己造出两马克来吗？我是穷光蛋，不像你一样有个有钱的爸爸。既然我能赚到两马克，我就不会让它从我指缝中溜走。说不定人家还会多给我点钱呢！"

他突然放开了我。门厅里的气息不再祥和安宁。世界在我周围崩塌。他会告发我，我是个罪犯，别人也会告诉父亲，说不定警察也会过来。我的脑袋里一片混乱，恐惧感从四面八方向我袭来，各种丑恶与危险也都扑向了我。我其实压根没有偷东西，但这已经不重要了。况且我已经发了誓。天哪，上帝啊！

我的眼泪不禁夺眶而出。我明白了，我只能依靠自己来搭救自己。于是，我绝望地把手伸进口袋里搜索我所有的东西。没有苹果，没有小刀，口袋里什么也没有。我突然想起了我的手表，一块老旧的银表，那是祖母给我的，虽然它已经不走了，但我还一直装模作样地戴着它。我立刻把它掏了出来。

"克罗默,"我乞求道,"这样吧,你别告发我,这对你也不好。我把我的手表送给你吧,你看看。我也没有什么别的东西了。你拿着它吧,这是块银表,做工很不错,只是有点小毛病,修修就好了。"

他笑了笑,大手一伸把那块表抓到了手里。我盯着他的手,那是一只无比粗鲁、又对我充满敌意的手,它打破了我的生活与安宁。

"它是银的——"我战战兢兢地说道。

"什么银的,什么破烂表,我才不稀罕!"他鄙夷地说,"要修你自己修去!"

这时,他准备离开了。"弗朗茨,"我用颤抖的声音喊住了他,"你等一下!拿着这块表吧!它真的是银的,货真价实。我没有别的东西能给你了。"

他用他那冷酷又轻蔑的眼神凝视着我。

"你知道我现在要去哪儿。我也可以去警察局,我跟那儿的警官很熟。"

他又转身要走。我拽着他的袖子拦住了他。这样不行。他要是就这样走了，我就要承受一切后果，那还不如让我去死。

"弗朗茨，"我恳求道，"别做傻事！这就是个玩笑，对吧？"因为激动的情绪，我的声音已经有些嘶哑了。

"是的，这只是个玩笑。但你要为此付出高昂的代价。"

"弗朗茨，你告诉我，我该怎么做，我全都照办。"

他眯缝着眼睛，上下打量着我，然后又大笑起来。

"别傻了！"他装模作样地说，"我们都很清楚，我能赚两马克。我不富裕，不能眼睁睁地让这笔钱打水漂了。这一点你很清楚。但是你很有钱，你还有块表呢！你只需给我两马克，那么这件事就算完了。"

我当然明白这个道理。但是他要两马克！这对我来说跟五马克、一百马克、一千马克同样遥不可及。我没有钱。母亲那儿有我的一个小储蓄罐，里面的钱都是亲戚们来访的时候放进去的五分或是十分的硬币。此外我一无所有。我这个年纪的时候也没有什么零花钱。

"我什么也没有，"我愁眉苦脸地说道，"我根本就没有钱。其他的东西你要什么我都可以给你。我有一本关于印第安人的书、一个士兵小人、一个指南针。我去给你拿。"

克罗默放肆又丑恶的嘴颤动了一下，接着往地上吐了口唾沫。

"别废话了！"他不耐烦地命令道，"那些破烂玩意儿你还是自己留着吧。一个指南针，你在耍我吗？你听好了，赶紧把钱交出来！"

"但是我真的没有钱，从来没有人给我钱，我真的没办法啊！"

"那你明天把钱给我带来，放学后我在集市那里等你，给我两马克这事就一笔勾销。如果你没带来钱，那咱们就走着瞧！"

"可以是可以，但我去哪儿能搞到钱啊？天哪，要是我没弄到——"

"你家有的是钱。这就看你的本事了。说好了，明天放学后。我告诉你：要是你没带来的话——"他恶狠狠地瞪了我一眼，吐了一口唾沫，然后像个幽灵一样消失了。

我不想上楼。我的生活就这样被毁掉了。我想逃离这里再也不回来了，我甚至想投水自尽。但这都是我迷迷瞪瞪之间的想法。我坐在楼梯间最下层台阶的阴暗处，身体紧紧蜷缩在一起，沉浸在自己的不幸遭遇当中。这时莉娜拿着篮子走了下来，她正要去楼下取柴火，她发现了正在哭泣的我。

我求她不要跟楼上的任何人提起这件事情，然后我才上楼了。在玻璃门旁的挂衣钩上挂着我父亲的帽子和我母亲的遮阳伞，此刻它们在我眼里散发着家庭的温暖和柔和亲切的气息。我的内心诚挚又热烈地渴望这气息，就像一个走失的孩童看到了故乡的老房子，嗅到了它的气味一样。可这一切现在都不属于我了，它们在父母那个光明的世界。我则背负着满身的罪恶深深地陷入了未知的洪流之中，冒险和罪孽纠缠着我，敌人窥伺，危机、恐惧、耻辱暗伏。帽子和遮阳伞，古老而精美的沙石地板，廊柜上的大幅图画，还有从起居室那里传来的姐妹们的嗓音，这一切从来没有像今天这样可爱、温柔与美好。但这一切代表的不再是慰藉和安全的港湾，而纯粹是谴责。这一切都不再属于我，我不能分享这种喜悦和安静。我的双脚沾满了灰尘，却在脚垫上也无法擦掉，我的身上背负着污点，对此我的家人却一无所知。我有过多少秘密，就会有多少焦虑。但与今天在我身上发生的事情相比，那些简直不值一提。命运在追赶着我，魔爪伸向了我，连我的母亲也保护不了我，因为她并不知情。我的罪行是偷窃还是说谎（我不是以上帝和幸福之名发了伪誓吗？）——这都无所谓了。我的罪孽并不在此，而在于我向魔鬼伸出了手。我当时为什么要跟那两个男孩去？为什么我更愿意对克罗默言听计从，而不是相信我的爸爸？为什么我要编造那个偷窃的故事？为什么我要把犯罪吹牛成英雄事迹？如今，魔鬼抓着我的手，敌人就在我身后紧追不舍。

有一瞬间我感觉自己并不惧怕明天，而是不得不面对这样一个可怕的事实：我的人生道路正在走向低谷，我将坠入无边的黑暗之中。我能清楚地感觉到，我将会一错再错。我在姐妹们面前的表现、我对父母的问候和亲吻都将成为谎言，我将背负着不为人知的命运和秘密。

看着父亲的帽子，我的内心瞬间燃起了信赖和期望的火焰。我要把一切都告诉他，承受他的判决和惩罚，让他成为我的知情人和拯救者。以前这种情况在我身上也时有发生，大不了是一顿责罚，忍受上个把小时的煎熬，或是面色沉重、满怀悔恨地恳求原谅，然后事情也就过去了。

听起来不错！这种想法多么诱人啊！但这无济于事，我知道自己不会这么做。我知道，我现在有一个秘密，一份罪孽，我只能独自承担。也许我现在正处于一个十字路口，也许从此刻起我永远变成了坏人，跟恶霸分享秘密，信赖并听从他们，最终变得和他们一样。我扮演了男人和英雄的角色，就要承担相应的后果。

进门时，父亲斥责我又把鞋子弄湿了，这让我感到很高兴。它分散了父亲的注意力，不至于让他察觉到更糟糕的事情。我能承受父亲的责备，并暗自移花接木，臆想他指的是另一件事。此时我的心底浮现出了一种新奇古怪的感觉，一种邪恶刺骨、大逆不道的感觉：我感觉自己超越了父亲。我觉察到，有一瞬间，我在心里蔑视他的无知，他只知道责骂我弄湿了鞋子，这其实不过显现出他的目光短浅。"真是无知！"我心想，感觉自己就像一个杀人犯，而别人却只审问我有没有偷面包。这是一种丑陋叛逆的想法，但这种想法却又是那么强烈。没有其他任何一个想法能像它一样，把我的秘密和罪责紧紧捆绑在一起。我想，可能克罗默现在已经去警察局告发我了，一场暴风骤雨正向我席卷而来，而他还把我当成个小孩子。

故事讲述至此，这一个时刻是整段经历中最重要、最难忘的。这是父亲的光辉形象上出现的第一道裂痕，这是我的童年生活支柱第一次出现了罅隙，这是每个人在真正成为自我之前必须要摧毁的东西。就是这些不为人知的经历，组成了我们命运的内在核心脉络。这些切口裂痕会重新愈合，直至被遗忘，但在内心最隐秘的深处，它依旧存在着，并一直在流淌着鲜血。

这种新奇的感觉很快便让我心生恐惧。此时此刻，我恨不得马上去亲吻父亲的双脚，以乞求他的原谅。但在一些至关重要的事情上，乞求原谅也无济于事，这是个连三岁孩童都能明白的道理。

本来我觉得很有必要好好考虑一下明天该怎么办，但此时我的内心却无法平静。整个夜晚，我都在适应屋子里怪异的气氛。壁钟和桌子、《圣经》和镜子、书架和挂在墙上的图画，它们似乎都在向我告别。我满心冰凉地看着我的世界、幸福美满的生活都逐一离我而去，成为过往。我真切地感觉到，我身上生出了新的根须，它们牢牢扎根在外面黑暗、陌生的世界之中。我第一次品尝到了死亡的滋味，死亡是苦涩的，因为它意味着新生，意味着对恐怖未知的畏惧与焦虑。

当我在床上躺下之后，我的心情才开始逐渐平复。这之前的晚祷对我来说又是一场有如炼狱之火的煎熬。大家一起唱了一首我最喜欢的歌。啊！但其实，我并没有一起唱，每一个音符对我来说都是苦水与毒药。当父亲宣读祈祷词的时候，我也没有一同祷告，当他最后说出"愿主与我们同在"时，一阵抽搐把我从家人的怀抱中剥离了出来。上帝伴随着他们每个人，但不会是我。我全身冰冷、精疲力竭地离开了那里。

在床上躺了一会儿之后，我才又感觉到了一丝暖意与安定。但这时，我的内心又再次迷惘于恐惧之中，因为发生的事情而不安地震颤着。母亲照常和我道了晚安，她的脚步声仍然在房间里回响，她手中烛火的光芒依旧在门缝里闪烁。我认为，她还会回来。——她一定察觉到了点什么。她会亲吻我，关切地询问我，然后我就会哭出来，堵在我喉间的石头也会瞬间化了。之后，我会抱着母亲，向她敞开心扉，一切都会涣然冰释，我将得到救赎。当门缝里的烛光暗淡下去之后，我又竖着耳朵倾听了一会儿。我认定这一切必然发生。

然后，我的思绪又回到了自己面临的窘境上，敌人就浮现在我的眼前。我能清楚地看到他，他眯缝着一只眼睛，放肆地张嘴狂笑。我凝视着他，无法摆脱的命运感侵蚀着我的内心。这时，他变得越来越大，越来越丑陋，那只邪恶的眼睛里闪烁着魔鬼般的光芒。他不停地纠缠着我，直至我进入梦乡。但是，我并没有梦到他和今天发生的事情，而是梦到了父母、姐妹们，还有我，我们坐在小船里，假日的祥和与光芒环绕着我们。午夜时分，我醒来时，犹能感受到梦中幸福的余味，姐妹们洁白的夏装仿佛依然在阳光下闪闪发光。一瞬间，我又从天堂坠入了地狱，眼神凶恶的敌人就站在眼前。

第二天早上，母亲匆匆赶了过来喊我起来。她说，时间已经不早了，为什么我还赖在床上。我的状态看起来很不好。就在母亲询问我哪里不舒服时，我吐了起来。

这样好像也不算什么坏事。我以前就很喜欢这种感觉：生点小病，早上就可以躺在床上，喝着甘菊茶，倾听着母亲在隔壁房间收拾的动静和莉娜在走廊上接待屠夫的谈话声。不用上学的上午妙如魔法，美如童话。阳光会在房间里嬉戏，和学校里绿色窗帘遮挡的那片阳光完全不同。然而今天，就连这些也变得平淡枯燥，让人感觉索然无味。

要是我死了就好了！但我只是有一点不适，跟平时一样，没什么大不了的。这样一来，我虽然可以不用去上学，但无论如何都无法逃脱克罗默的魔爪。十一点时，他还是会在集市上等着我。这一次，母亲的慈爱不再是安慰，而是负担和痛苦。我假装很快便又睡着了，但其实却在脑海里不停地盘算。十一点钟，我必须赶到集市那边，除此之外我别无选择。十点左右的时候，我悄悄爬了起来，告诉他们我感觉好多了。以往，在这样的情况下，我要么必须重新回到床上去，要么就得下午去上学。我说，我想现在去学校。其实，我心里早就有了打算。

我可不能两手空空地去见克罗默。我得设法拿到我的储蓄罐。虽然我知道，那里面的钱远远不够两马克，但至少还有点。直觉告诉我，有总比没有好，至少对克罗默也能有个交代。

我穿着袜子，爬进母亲的卧室，从书桌里取出了我的储蓄罐。当我做这一切时，我感觉糟透了，但还没有昨天那么糟糕。我的心脏跳得厉害，快得令我几近窒息。当我回到下面的楼梯间开始查看储蓄罐时，我发现它被锁上了。这下我的心跳得更剧烈了。

要砸开它并不是件难事，只需撕破一层薄薄的铁网就可以了。但是那裂口却刺痛了我，因为这样一来，我就变成了一个真正的小偷。以前，我顶多是偷吃点糖果和水果而已。这次却是实实在在的偷窃，虽然那是我的钱。我感觉得到，我离克罗默和他的世界又近了一步，事态正在一步步恶化，而我只能硬着头皮继续。魔鬼想要带走我，我已经没有了回头路。我惴惴不安地把那些钱数了数，在罐子里时听起来还满满当当，没想到拿到手上却少得可怜。只有六十五芬尼。我把储蓄罐藏在下面的走廊里，然后手攥着钱，走出了家门，与平时穿过大门的心境大不相同。我似乎听到有人在喊我，却没有回头。

时间还很充裕，所以我故意绕道小巷。这个城市仿佛变了模样，天空中飘动着陌生的云彩，途经的房屋也似乎在盯着我看，路人都好像在怀疑我。走在路上时，我突然想起来，我有个同学曾经在牲畜市场那边捡到过一塔勒。我真的想祷告，求上帝行行好，也给我这么个捡钱的机会。但我已经没有祷告的权利了。就算可以，储蓄罐也不会恢复原样了。

弗朗茨·克罗默远远地就看到了我，但他还是慢悠悠地向我走来，一副毫不在意我的样子。走到我跟前后，他暗暗示意我跟着他，然后就头也不回地径直往前走。我们沿着一条小径一路向下，经过一座小桥，在最后的一排新盖的房子前停下了脚步。这里还没有装修，墙壁光秃秃的，也没有安装门窗。克罗默环顾了一下四周后，就穿过大门走了进去，我跟在他的身后。他走到了围墙的后面，示意我过去，接着伸出了他的手。

"你带钱了吗？"他冷冷地问。

我把紧握着钱的手从口袋里抽了出来，然后把钱倒在他伸开的手上。最后一个五分硬币发出的余音未落，他便数完了钱。

"就六十五芬尼？"他瞪着我说。

"是的。"我胆怯地回答道，"这是我全部的钱了。我知道，这远远不够。但我就只有这么多，真的没有了。"

"我本还以为你很机灵呢！"他语气略微缓和地指责我说，"绅士们不是都应该守规矩嘛。你要明白，我不会从你身上拿走不应该拿的东西。这几毛钱你拿开！另外那位，你知道是谁，可不会在这儿跟我讨价还价。他会全部付清的。"

"可我真没有了！这是我储蓄罐里所有的钱了。"

"那是你的事。但我也不想难为你。你还欠我一马克三十五芬尼。什么时候能给我？"

"哎呀，剩下的钱我肯定会给你的，克罗默！只不过我也不能确定具体的日期，说不定马上，明天，或者后天。你知道的，我不敢跟我爸爸说。"

"这关我什么事。我也没有把你怎么样吧。本来中午之前我就能拿到钱的。你看看，我这么穷，你穿着体面的衣服，吃得也比我好。但我也不想抱怨什么。我可以再等一段时间。后天，我会吹口哨喊你，应该会是在下午，到时候咱们就把这事了结了。你听过我的口哨吧？"

他对着我吹了一声，其实我之前经常听到。

"是的，"我说，"我听过。"

然后他离开了，就好像我跟他毫无瓜葛一样。我们两人之间只有交易，再无其他。

即便是时至今日，当我突然又听到克罗默的口哨声时，肯定还是会被吓得半死。从那时起，我就会经常听到他的口哨声。我感觉，那声音似乎无时无刻不在我耳边回响。它无孔不入，不管我在什么地方，玩什么游戏，做什么工作，思考什么事情，我都不得不臣服于它，它现在就是我的命运。有时，在温和绚丽的秋日午后，在我很喜欢的那个小花园里，一股奇异的念头驱使着我重拾幼年时期玩过的游戏。在游戏中，我仿佛变成了一个年纪比我小的男孩，他善良自由、单纯健康。但是其间总会突然从哪里传来克罗默的口哨声，虽然在预料之中，却仍然让我惊慌失措，哨音打断了我的思绪，摧毁了我的幻想。然后我就得走了，跟着我的讨债鬼来到阴暗丑恶的角落，为自己辩解，被逼着还钱。事情就这样持续了几周，但我度日如年，像是经历了永恒。我很少能搞到钱，有时趁着莉娜把菜篮子放在厨房桌子上，我就去偷拿五芬尼或者十芬尼。每次克罗默都会蔑视地把我劈头盖脸骂一顿。他说，是我欺骗了他，剥夺了他的合法权利，是我偷了他的东西，造成了他的不幸！我感觉一生中从未经历过这样的困境，从未如此绝望、任人摆布。

我在储蓄罐里装满了筹码，然后把它放回了原处，没有人问过这件事。但它却无时无刻不在折磨着我。相比克罗默的口哨声，我更害怕母亲轻轻地朝我走来的时候。——她是不是要来问我储蓄罐的事？

因为我几次都空手出现在我的魔鬼面前，所以他开始用别的方法折磨我，他开始利用我。我不得不为他效力。他要我帮他跑腿儿，帮他父亲请假这些活我也得帮着干。或者他会让我办一些"难办"的差事，比如说单腿跳十分钟，或是把一张废纸粘在路人的衣服上。许多夜晚，我即使在睡梦中也遭受着这种折磨，噩梦常常让我满身大汗。

有一段时间我生病了。我经常呕吐，浑身发冷，但到了晚上却热得大汗淋漓。母亲察觉到了异常，对我关怀备至。然而她的怜爱只能增加我的痛苦，因为我无法向她坦承一切。

有一天晚上，我已经躺下了。这时，她给我拿来一小块巧克力。小时候，每当我表现良好，晚上睡觉前总会得到一块巧克力作为奖励。此时此刻，她又站在了床头，把巧克力递给了我。痛楚向我袭来，我只剩下摇头的力量。她抚摸着我的头发，问我怎么了。我只好说："不！不！我什么都不要。"她把巧克力放在床头柜上，然后走开了。后来，她有一次又问起我这件事，我就装作什么也不知道的样子。她甚至带我去看过医生，一番检查之后，医生建议我每天早上洗凉水澡。

那段时间里，我有点像神经错乱的样子。在这个秩序井然、宁静祥和的家里，我活得战战兢兢、痛苦不堪，如同一个幽灵一般，对别人的生活漠不关心，时时以自我为中心。父亲常常会因此而恼怒，面对他的问话，我却是一言不发，异常冷漠。

第二章　该隐 [1]

Demian Die Geschichte von Emil Sinclairs Jugend

帮助我脱离苦海的救星毫无征兆地出现了，我的生命随即开启了新篇章，直至今日，这一切还在影响着我。

　　不久前，我们高中来了一位新同学。他是一位富有的寡妇的儿子，袖口上还绑着黑纱。他们最近才刚刚搬到这个城市。他比我高一年级，大我好几岁。不久之后，他便引起了所有人的注意，这其中也包括我。这个引人瞩目的学生好像比他的真实年龄还要大很多，没有人把他当成一个孩子。在我们这些幼稚的男孩中间，他举止怪异，像个大人，准确来说更像一位绅士。他不怎么受欢迎，从不加入我们的游戏，更不用说打架斗殴了。面对老师时，他说话的语气里充满自信与果敢，大家都很欣赏他这一点。他叫马克斯·德米安。

有一天，不知为何，另一个班级被安排进我们班的大教室上课，这在我们学校也是常事。来的恰巧是德米安所在的班级。低年级上圣经故事课，高年级学写作文。正当老师向我们灌输该隐和亚伯的故事时，我不时看向德米安。他的脸令我特别着迷，这张聪颖、阳光而又异常坚定的面庞全神贯注地投入到了他的学习当中，他看起来不像一名做作业的学生，而更像一位专注于某个问题的学者。其实我并不太喜欢他，相反，我甚至对他有点反感。在我看来，他过于自负与冷酷，他的这种气质充满了挑衅的味道，他的眼神流露出成年人的表情——小孩子们是绝对不会喜欢的——带着些许悲伤，又有一丝嘲笑。但我又忍不住不停地打量他，说不上是喜欢还是讨厌。有一刹那，他似乎朝我这个方向看了一眼，这时我赶紧惊恐地收回目光。时至今日，仔细想想他中学时代的模样，我可以说：他在各方面都异于常人，出类拔萃，因此备受关注。然而与此同时，他又极力避免引人注目。言行举止之间，他就如同一位便装王子，混迹在一群农村孩子之间，努力与他们打成一片。

放学回家的路上，他走在我后面。其他的同学都纷纷离开后，他追上了我，跟我打了个招呼。这声问候虽然模仿了我们这些中学生的腔调，但听起来依旧是那样老成、客气。

"我们一块儿走，可以吗？"他友好地问道。我有些受宠若惊地点了点头，然后和他描述了一下我们家的位置。

"哦，是那里啊！"他笑着说道，"我知道那栋房子。你家大门上挂着一个很奇特的东西，我很感兴趣。"

我一时没有意识到他指的是什么。我也很惊讶，他竟然比我还了解我家的房子。他指的应该是门拱上那枚拱顶石，它看起来有点像徽章。但是随着时间的流逝，它已经变得十分平坦，多次被粉刷上色。但据我所知，它与我们的家族并没有什么渊源。

"我不太清楚。"我小心翼翼地说，"那可能是只鸟，或者类似的东西。应该很古老了。这所房子以前曾属于一座寺庙。"

"有可能。"他点头说道，"下次你好好看看！这些东西挺有意思的。我觉得，那可能是只雀鹰。"

我们继续走着，我感到很拘束。突然他大笑起来，好像想到了什么有趣的事。

"对了，我还听了听你们的课。"他兴趣盎然地说，"该隐的故事，他的额前有个印记，对吗？你喜欢这个故事吗？"

不，我很少会喜欢被逼着学习的那些东西。但我不敢说实话，因为我感觉像是在与一位成年人谈话。因此我回答说，我很喜欢这个故事。

德米安拍了拍我的肩膀。

"亲爱的，你不必对我说谎。但这个故事确实很奇怪。我觉得，应该比课堂上讲的大部分故事都奇怪许多。那位老师也没有多说，只是讲了些上帝和原罪之类的老掉牙的故事。但我觉得——"他突然中断，笑着问我，"你有兴趣听吗？"

"其实我觉得，"他继续说道，"该隐的故事也可以有不同的诠释。他们教给我们的大部分东西都是真实正确的。但我们可以用不同于老师所讲的另一种角度去看待这些知识，这样它们就会被赋予更好的寓意。以该隐和他额前的印记为例，那位老师的解释并不能令人满意。你不觉得吗？一个人在争执中打死了自己的兄弟，当然可能发生。他事后感到害怕，卑躬屈膝，这也有可能。但他竟因胆小怯懦被授予勋章，得到保护，恐吓他人，这实在是太不合常理了。"

"的确！"我兴致勃勃地回应他——我开始对这个故事感兴趣了，"那另一种解释是什么？"

他拍了拍我的肩膀。

"很简单！故事的开端，已有的线索便是那个印记。有这么个人，他的脸上有些让人惧怕的东西。他们不敢同他接触，他和他的孩子都让人印象深刻。或许，可以肯定的是，那并不真的是额前的印记，像个邮戳一样，生活中很少发生这么粗俗的事情。更可能的是，他身上存在着一股令人难以感知、神秘莫测的气息，目光比常人更为睿智、果敢。这个男人具有某种令人生畏的气概。他有一个'印记'。旁人可以随心所欲地解释它。'人们'总是更喜欢能让自己称心如意的那个版本。他们害怕该隐的孩子，他们也拥有'印记'。所以人们没有诚实地把这个印记解释为一种荣誉，而是采取了恰恰相反的做法。据说，拥有这个印记的家伙都很可怕，事实也的确如此。英勇刚强的人对旁人来说总是很可怕。这样一群英勇无畏而又令人惧怕的族人在四处游走，难免会令他人不悦。因此人们为了复仇，便给这个家族改了名字，把他们编进寓言故事，希望自己能借此在心理上对长久以来克制的恐惧有所补偿。——你懂了吗？"

"嗯。也就是说，该隐其实根本就不是什么坏人？《圣经》里的这个故事完全就是骗人的？"

"是，也不是。这么古老的故事都是真实的。但它们却未必如实地被记录下来了，对它们的解释也未必就是正确的。简单来说，我的想法是，该隐应该是个了不起的人。只是因为人们惧怕他，才以他为原型杜撰了个故事。这个故事不过是一个谣言，人们茶余饭后的谈资而已。只有一点是真实的，那就是该隐和他的孩子们确实携带着某种'印记'，这使他们异于常人。"

他的说法令我感到非常震惊。

"所以你觉得，他杀人的事也不是真的吗？"我激动地问道。

"不不不，这当然也是真的。强者打死了弱者。而此人是否真的是他的兄弟，这一点还是值得怀疑的。但这并不重要，因为毕竟所有人都是彼此的兄弟[1]。不过是一个强者打死了一个弱者，这原本

---

1 在基督教教义中，所有的人都是上帝的子女，所有的人都是兄弟姐妹。

或许是件英雄事迹，也或许不是。然而可以肯定的是，其他的弱者都心存畏惧。他们到处抱怨诉苦。当有人问他们：'为什么你们不直接打死他？'他们不会说：'因为我们是懦夫。'他们只会说：'我们不能这么做啊。他有一个印记，那是上帝赐予他的。'谎言应该就是这样产生的。哎呀，我耽误你太久了。再见！"

他拐进了阿尔特小巷里，把我独自留在那里，心中经受着前所未有的震撼。他刚一离开，他刚才所说的那些话在我看来就那么令人难以置信！该隐是一个高贵的人，而亚伯是个胆小鬼！该隐的印记是荣誉！这太荒谬了，是渎神，是罪恶的。可亲爱的上帝在哪里呢？难道上帝不是接受了亚伯的献祭，他不是喜爱亚伯吗？——不，蠢货！我猜，德米安在耍我，想把我引入歧途。他真是个讨人厌的机灵鬼，能言善辩，但是——不——

我还从没有如此深入地思考过哪个圣经故事或者其他的什么故事。我也很久没有像这样，全然忘记了弗朗茨·克罗默，几小时，甚至一整晚。我待在家里把整个故事又从头到尾读了一遍。《圣经》里的叙述简短明了，要想从中寻找出什么隐含的特殊寓意，这简直是痴人说梦。如果是这样的话，那每个杀人犯都能自诩为上帝的宠儿。不，这简直是胡说八道。只不过是德米安讲述的方式轻松愉快，让我感觉很亲切，似乎一切都是理所当然的，此外还有他那双眼睛。

诚然，我自己的状况并不理想，甚至可以说是糟透了。我原本生活在一个光明、纯洁的世界之中，我自己就是亚伯那类人。如今我却坠落到"另一个世界"，愈陷愈深，而我却无能为力！现在我该怎么办？是的，就在这时，一段回忆在我的脑海中闪现，一时之间我竟几乎无法呼吸。我想起了那个黑暗的夜晚，我的痛苦开始的地方，与父亲有关的那件事。那时候，有一瞬间，我好像突然看穿了他的一切，我对他的智慧和他所处的光明世界也不屑一顾。是的，那一刻我妄想自己就是该隐，我有那个印记，这个印记并不是耻辱，而是荣誉。而且恶毒和不幸让我误以为自己比父亲，比那些好人和虔信者都更为高明。

当时经历这件事时，我头脑中的想法还不甚明了，但所有这些念头都已萌芽其中。那些复杂情绪和奇特情感的爆发，它们令我痛苦，也让我感到骄傲。

德米安关于勇者和懦夫的想法是多么独特！他对该隐额前印记

的解释是多么与众不同！他的眼睛，他那双如成年人般引人注目的双眼散发着多么奇异的光辉！——当想到这些时，一个模糊的想法在我的脑海中一闪而过：难道他自己，这个德米安，不正如同该隐一般吗？如果他与该隐不是同一类人，为什么要替该隐辩护呢？为什么他目光如炬？为什么他谈起那些懦弱的"另一类人"时，满是嘲讽的语气？而其实他们才是虔信者和上帝喜闻乐见的人吧？

这些想法在我的脑海中不停盘旋，挥之不去。就仿佛是一块石头落入了井中，而那口井便是我年少的心灵。之后的很长一段时间，每当我寻求知识、心存疑惑和批判之心时，该隐、杀人和印记都是我找到突破的关键。

我发现，学校里还有其他同学也在打听德米安的事。我从没有跟别人提起过该隐的故事，但他似乎也引起了别人的兴趣。一时间，关于这个"新生"的流言四起。虽然我无法知晓每一个流言，但我相信，每个流言其实都是对他的一个侧面反映，每个流言都值得细细品味。我只知道，一开始流传的说法是德米安的妈妈非常富有。人们又说，她和她的儿子从来不去教堂。有人声称，他们是犹太人，或许也可能是秘密的伊斯兰教徒。然后流传着的是关于马克斯·德米安身强力壮的童话故事。可以肯定的是，班里最强壮的人找他打架，遭到拒绝后，那个人骂德米安是胆小鬼，最终被他打得灰头土脸。据在场的人说，德米安只用一只手死死地扼住他的脖子，那家伙就面无血色了。后来他灰溜溜地逃走了，胳膊好几天都动弹不得。有一天晚上甚至谣传，那个人已经死了。流言满天飞，人们深信不疑且乐此不疲。后来有段时间一切风平浪静，但没过多久学生中间又开始传起了新的流言。有人称，德米安与女生交往甚密，而且"深谙此道"。

在此期间，我与弗朗茨·克罗默的来往依旧不可避免。我无法逃离他的魔爪，即使他对我放松几天，但我也仍同他捆绑在一起。在我的梦里，他与我如影随形。现实中他没有对我做过的事，也会在我幻想的梦境里发生，梦里的我完全变成了他的奴隶。比起现实，我更多的是生活在这种噩梦里——我一直就是一个爱做梦的人。他的阴影使我丧失了活力和生机。此外我还经常梦到克罗默虐待我，对我吐唾沫，用膝盖把我压在地上。更严重的是，他诱骗我犯下重罪——与其说是诱骗，不如说是用暴力胁迫。最可怕的是，有一次我梦见自己谋杀了父亲，从噩梦中惊醒后，我简直要发疯了。克罗默打磨好一把刀，把它放在我手中。我们埋伏在林荫道的树丛后，等待某人出现，而我并不知道我们在等谁。过了一会儿，有人来了，克罗默碰了碰我的胳膊，然后对我说，这就是我要杀的人。那个人竟然是我的父亲。梦境至此我就被吓醒了。

因为这些事情，我虽然也会想到该隐和亚伯，但很少会想起德米安。奇怪的是，他与我的再次接触，居然是在梦中。我梦到自己正在遭受虐待和暴力，只不过用膝盖将我压倒在地的不是克罗默，而是德米安。这个新的梦境给我留下了深刻的印象。克罗默施加给我的所有痛苦和折磨，换成德米安后，我竟然都欣然接受了，幸福与惧怕的情感交织。我连续做过两次这样的梦，然后克罗默才又在我的梦中出现。

我早就无法清晰分辨出我经历的究竟是梦境还是现实。但无论如何，我和克罗默这种令人作呕的关系仍旧在持续着。我凭借着小偷小摸终于还清了欠款，但即便如此，我们之间的事也并没有结束。一来二去，他就知道了我偷窃的事，因为他总是问我，钱是从哪儿搞到的。所以他就抓住了我更多的把柄。他经常威胁我，要把所有事情都告诉我的爸爸。那时，我深深的自责远超过恐惧，怪自己没有一开始便向父亲坦白一切。然而，尽管我痛苦不已，但我也没有怨天尤人，至少没有时常如此。有时候我甚至会觉得，命运必然如此。我厄运当头，想要去打破这一切完全是白费力气。

在这种状况下，我父母应该也跟着受了不少苦。我性情大变，再也无法融入这个曾经与我亲密无间的家园。我常常强烈地渴望回到它的怀抱，就如同渴望重返逝去的天堂一般。我的家人，特别是我的母亲，并没有把我看作不可救药的坏孩子，而是把我当病人一样对待。可情况究竟如何，这从我两个姐妹的行为上就看得出来。她们行事虽然小心翼翼，却常常弄巧成拙，给我带来无限的困扰。显而易见，她们觉得我着魔了。对于我这种恶灵附体的状况，只可抱怨，不应责骂。我能觉察到，他们在为我祈祷，方式不同以往。可我也发现，他们的祈祷完全是徒劳的。我常常强烈地感觉到自己渴望得到解脱，想要真诚忏悔。但我也早就预料到，我不会向父母坦白一切。我知道，他们会好意接受，并对我关怀备至。是的，只是怜悯，但并不是真正理解。这整件事会被看作是我一时失足，而事实上，这却是一种命运。

我知道有些人会不相信，一个不足十一岁的孩子竟会有如此感受。我不会把我的经历告诉这些人，我只会告诉那些更为理解人性的人。成年人已经学会了将一部分情感转化为想法，然而却忘掉了自己在孩提时代的那些想法，所以就会声称，这种经历并不存在。而在一生当中，后来我也很少再有当时那样刻骨铭心的体会。

　　曾经在一个雨天，我的虐待者又把我叫到了城堡广场。不断有树叶从湿淋淋的黑栗树上掉落下来，我一边站在那里等他，一边用脚刨着地上的湿叶子。我没有钱，只是顺便带了两块蛋糕，这样多少也算能给他点什么。我早已经习惯了，站在某个角落里等他，常常是漫长的等待。而这一切我也只能默默接受，就如同我们总是不得不接受无法改变的命运一样。

　　克罗默终于来了。那天他没有过多停留，撞了几下我的肋骨，大笑着拿走了蛋糕，甚至还递给我一根潮湿的香烟，但我没有接，他比平常显得要友善一些。

　　"对了，"他离开时说，"我记得——下次你可以把你姐姐带来。她叫什么？"

我感到很不解，所以也就没有回答，只是惊愕地看着他。

"没听懂？把你的姐姐带过来。"

"我听到了，克罗默。但这不行。我不能这么做，她也不会来的。"

我的理解是，这不过是又找了个借口刁难我。他经常这么做，提出一些无法实现的要求，以此来恐吓我、侮辱我，再慢慢跟我讨价还价。之后我就必须带着钱财或其他什么礼物来让自己脱身。

这次他的反应却完全不同。面对我的拒绝，他似乎毫不生气。

"好吧，"他漫不经心地说，"你好好考虑考虑。我想认识你的姐姐。总会有办法的。你就带她一起去散个步，然后我也过去。明天你听我的口哨，我们再商量。"

他离开后，我突然明白了他的意图。虽然我还完全是个孩子，但也听说过，男孩和女孩年纪大一点之后，就会偷偷做一些有伤风化、违反禁忌的事情。而现在他竟然要我——我瞬间意识到这件事有多么可怕！我当即下定决心，绝不能做这种事情。但后果会如何，克罗默会如何报复我，我是想都不敢想的。对我新一轮的折磨又开始了，真的是没完没了。

我把手插进口袋里，绝望地穿过空荡荡的广场。新的苦难，新的奴役！

这时有一个清亮、深沉的声音在呼唤我。我吓了一跳，然后便跑了起来。有人在追赶我，然后一只手从后面轻轻地拽住了我。原来是马克斯·德米安。

我不得不停下来。

"原来是你？"我惊魂未定地说，"你吓死我了！"

他注视着我，他的目光从没有像现在这样，成熟、深邃，又仿佛能洞察一切。我们很久没有说过话了。

"对不起，"他说话的语气礼貌而又独特，"但是，正常人不可能被吓成这个样子吧。"

"哎，怎么不可能！"

"从表面来看，确实是这样的。但是你想：如果一个人并没有对你做什么，你却被吓成这个样子，那么这个人一定会陷入沉思，会感到惊讶与好奇。这个人会想，你为什么会这么胆小。接着，他还会想，人害怕的时候就会这样。胆小鬼容易害怕。但我不认为你是个胆小鬼，不是吗？哦，当然，你也不算英雄。你会害怕一些东西，也会害怕一些人。其实你不用怕，特别是不用害怕人。你不怕我吧，对吗？"

"是的，一点也不怕。"

"是吧，你看。但还是有些人会让你害怕吧？"

"我不知道……你让我走吧，你想从我这里知道点什么？"

他跟上了我的脚步——我走得更快了，想要逃离——同时我也感受到了他从一旁投来的目光。

"你就相信我一次，"他又开始说道，"我对你没有恶意的。至少你不必怕我。我很想与你一起做个有趣的实验，你从中会学到许多有用的知识。听好了！我有时在尝试一项被人称作读心的技能。这不是什么巫术，如果人们不了解内情，就会觉得不可思议。很多人会对此惊讶不已。现在我们来试一下。我喜欢你，或者这么说，我对你有兴趣。我想知道你内心是怎么想的。我已经迈出了第一步。我吓到你了——你很胆小。你会害怕一些人或物。这种恐惧是从哪里来的呢？人们无须惧怕任何人。如果一个人惧怕他人，那只能说明，这个人主观赋予他人管控自己的权力。比如说，你干了坏事，被另一个人知道了，那么他就拥有了控制你的力量。你明白了吗？很明显，不是吗？"

我茫然无措地看着他的脸，他的脸色一如往常，严肃而又闪烁着聪慧的光芒，也很亲切，但并不温和，而是很严厉。正气凛然。我不知道我是怎么了。他就像个魔术师一样站在我的面前。

"你明白吗？"他又问我。

我点了点头，却说不出话来。

"我跟你说过，读心术看似很奇怪，但其实很简单。比如说，我可以很准确地说出，在我给你讲述该隐和亚伯的故事的时候，你是怎么看待我的。不过这就是另一个话题了。我觉得你也可能曾经梦到过我。我们先略过这件事！你是个聪明的男孩，而大多数人都很愚蠢！我喜欢和信得过的聪明人聊天。你不介意吧？"

"不介意。我只是不明白……"

"我们继续回到刚才说到的那个有趣的实验吧！我们发现：男孩 S 很胆小——他害怕一个人——他很可能与这个人之间有一个不可告人的秘密。——大概是这样吧？"

犹如身处梦境，我被他的声音和感染力所深深折服。我只能频频点头。难道这个声音是从我自己体内发出的？它无所不知？它比我自己更透彻地洞悉一切？

德米安用力地拍了拍我的肩膀。

"看来我说对了。我能猜到。现在只剩下一个问题：你能告诉我刚才离开的那个男孩叫什么名字吗？"

我大吃一惊。被触碰的秘密又痛苦地躲藏回我的身体，它不想暴露在光天化日之下。

"什么男孩？刚才只有我自己在这儿啊。"

他笑了起来。

"说吧，"他笑着说道，"他叫什么名字？"

我低声说道："你说的是弗朗茨·克罗默吗？"

他满意地朝我点了点头。

"好极了！你很机灵，我们会成为朋友的。但我必须要告诉你：这个克罗默，管他叫什么呢，他不是什么好人。从他的脸上我看得出来，他就是个无赖！你觉得呢？"

"是的，"我叹了口气，"他坏透了，他就是个魔鬼！这话可不能让他听到，天哪，千万别让他知道。你认识他吗？他认识你吗？"

"别紧张！他已经走了，我们两个也不认识。但我还有点想认识他。他上的是公立学校？”

“嗯。”

“读几年级？”

“五年级。但你可别告诉他！求你了！可千万别让他知道！”

“别紧张！不会有事的。——你有没有兴趣再多讲点关于克罗默的事？”

“我做不到！求你饶了我吧！”

他沉默了片刻。

“真是遗憾，”他接着说，“我们本可以把实验继续进行下去。但我也不想让你为难。你要明白的是，你没有必要惧怕他，不是吗？这种无谓的恐惧会让人完全崩溃，我们必须得克服它。如果你想让自己成为一个真正的男人，你就必须摆脱这种恐惧感。你明白吗？”

“确实如此，你说得对……但是不行。你不知道……”

“你也看出来了，我懂的比你想象的还要多。——你欠他钱了吗？”

“是的，有这么回事，但这不是关键。我不能告诉你，我做不到！"

"也就是说，就算我给你钱，帮你还清债务，也没什么用，对吗？——我真的可以给你的。"

"不用，不用，不是这么回事。我求你了，不要告诉任何人！一个字也别说！否则我就要倒大霉了！"

"相信我，辛克莱。以后你会告诉我你们之间的秘密的——"

"不可能，我永远不会！"我激动地喊道。

"随你怎么想。我的意思是，你可能以后什么时候会想和我多聊聊，完全出于自愿，你明白吗？你不会以为，我会像克罗默那样对待你吧？"

"不——但你对此根本就是一无所知！"

"我是不知道。我只是在思索这件事。我绝对不会像克罗默那样做的，这一点你得信我，况且你又不欠我什么。"

我们沉默了许久，我也变得平静下来。但是德米安的见地却越来越让我觉得他神秘莫测。

"现在我要回家了。"他一边说，一边在雨中裹紧了厚呢子大衣，"说了这么多，我还是想提醒你，尽早摆脱这个家伙！要是实在没别的办法，那就打死他！假如你真的这么做，我会佩服你，为你感到欣慰。我也会助你一臂之力。"

我又一次陷入恐惧中。突然我再次想到该隐的故事。它太可怕了，我开始低声啜泣起来。太多阴森恐怖的事情笼罩着我。

"好了，"他微笑着说，"回家吧。会没事的。不过打死他是最简单的方法。处理这种事情，最简单的就是最好的。你跟着他不会有好下场的。"

我回到了家里，感觉自己好像已经离家一年之久一样。一切都变了。我和克罗默之间生长出了类似于未来和希望的东西。我不再孤单！此刻我才意识到，几周以来我独自保守着秘密有多可怕。我也突然想到了我多次考虑的事：向父母忏悔会使我感到轻松，却不会彻底拯救我。如今我却几乎是向另外一个人，一个陌生人坦白了。解脱感有如一股浓郁的芳香扑面而来。

我内心的恐惧终究还是久久不能消散。我原本已经做好打算，要和我的敌人打一场艰苦卓绝的持久战。然而让我感到比较奇怪的是，事情的最终发展却是如此波澜不惊、悄无声息。

家门前克罗默的口哨声消失了，一天，两天，三天，一周之久。我完全不敢相信。我在心里暗自忖度着，他会不会出其不意地再次冒出来。但他竟然真的消失了！我对自己能重获自由充满了疑惑，这简直难以置信。终于有一次，我又碰到了弗朗茨·克罗默。他正从赛勒小巷走出来，我俩迎面相遇。他一看到我，竟吓了一跳，对我做了个令人作呕的鬼脸，随即转身离开，避开了我。

　　对我来说，这真是一个前所未有的时刻。我的敌人竟在我的面前逃跑了。这个魔鬼竟然害怕我，我真是又惊又喜。

　　过了几天，德米安再次出现了。他在校门口等我。

　　"你好。"我说。

　　"早上好，辛克莱。我只是想看看，你最近过得怎么样。克罗默没有再来骚扰你吧？"

　　"是你干的？你到底是怎么做到的？我真的想不通。他没有再来找我了。"

　　"那就好。要是他再来找你——不过他应该不会这么做了，我是说万一，毕竟他是个无赖——你就让他想想德米安。"

　　"但这与你有什么关系？你跟他有过节儿，打了他一顿吗？"

"没有，我不喜欢这么做。我只是跟他聊了几句，就像咱们之间一样。我让他明白了，不招惹你，对他只有好处，没有坏处。"

"那你一分钱都没给他吗？"

"没有，我的小老弟。这一招你不是已经试过了吗？"

正当我准备追问他时，他却离开了。我留在了原地，往日对他的那种不安的情感再次涌上心头。不同寻常的是，在这种感情里，感激与胆怯、钦佩与畏惧、爱慕和内心的抗拒交织到了一起。

我打算不久之后，等我再一次见他时，再和他深入地谈谈这件事，还有该隐的故事。

我的想法没能如愿。

我并不认为感恩是一种美德。在我看来，要求一个孩子有感恩之心，这更是大错特错。我对德米安全然没有感激的想法，也没有觉得有何不妥。现在我很肯定，如果德米安没有把我从克罗默的魔爪中解救出来，那么我如今的生活将会是病态地堕落、一塌糊涂。即便在当时，我也把这次解脱视为我年轻的生命中最重要的经历。可是当我的救星创造了这项奇迹之后，我就对他置之不理了。

不知感恩是件奇怪的事情，但正如先前提到过的那样，这对我来说没什么大不了的。唯一让我感到奇特的是，我发现，我竟然没什么好奇心。为什么会这样？我竟然能够就这样心安理得地度过了这无与伦比的一天。我竟然也没有追问，德米安是怎么把那些秘密同我联系在一起的。我竟然就这样抑制住了自己的好奇心，没有再多打听一下关于该隐、克罗默和读心术的事。

虽然难以理解，但事实就是如此。我一下子逃脱了魔网，重见眼前光明愉悦的世界，不必再担惊受怕，不必再感到心悸窒息。魔咒解除，我不再是个痛苦的可怜虫，我恢复了往日学生的身份。我的天性驱使我尽快去追寻平衡与宁静，极力回避并忘却以往的种种丑陋与胁迫。关于我罪责和恐惧的这一整段故事很快便退出了我的记忆，似乎没有留下任何伤疤和印痕。

那时我试图迅速遗忘我的拯救者，对此我如今也可以理解。逃脱了非难的苦海，逃脱了克罗默恐怖的奴役后，我和我受伤的灵魂竭尽全力要回到过去，恢复曾经幸福美满的生活。我要回到失而复得的天堂，回到父母的光明世界，回归姐妹们中间，体会纯洁的芳香和亚伯的虔敬。

在我与德米安短暂谈话后的第二天，在终于确定重获自由、不必担心再重蹈覆辙之后，我做了一件渴望已久的事——忏悔。我走到母亲面前，把那个锁已经被撬坏了的储蓄罐拿给她看，里面没有钱，而是填满了筹码。我告诉母亲，长久以来我是如何因为自己的过失而被恶棍所控制。她没有全然理解，但她看到了那个储蓄罐，看出了我目光的变化，听出了我语气的改变。她明白了，我已经没事了，原来的那个我又回到了她的怀抱。

我怀着崇高的心情庆祝自己重新被接纳，迷途的孩子终于可以归家。母亲把我带到了父亲面前，我又重述了一遍整个事件的前因后果。他们不时发问，又不时发出阵阵感慨。父母摸了摸我的头，如释重负地长舒了一口气。一切犹如小说情节一般不可思议，又以完美的和谐作为结局。

我满心欢喜地逃入这种和谐之中。我贪婪地享受着重获的安宁和父母的信任。我又变成那个居家的模范儿童，一如往昔地和姐妹们一起玩耍，在祷告时满怀救赎和皈依的喜悦感唱起那些动听的老歌。这一切都是发自内心的，毫无欺瞒。

然而事情还是有点不对劲！事实上，正是这一点至关重要，它彻底解释了我为什么会将德米安遗忘。我本应该向他忏悔的！我的忏悔可能没有那么华丽的辞藻，也不能感人肺腑，但对我来说却大有裨益。如今我根植于往日那个天堂般的世界，回归家园，被仁慈怀抱。德米安却完全不属于，也不适合这个世界。不过他虽然不同于克罗默——也正是因为这一点——但也算是个诱骗者。他把我同第二个邪魔外道的世界捆绑在了一起，可从今以后我再也不想听到关于那个世界的任何消息。现在我不能、也不愿背弃亚伯转而歌颂该隐，因为我自己已经变成另一个亚伯了。

这是外在的关联。内在的情况是这样的：我终于逃脱了克罗默和魔鬼的魔爪，但并不是通过我自己的力量和努力。我曾试图在这个世界的道路上漫步前行，但它对我来说湿滑无比。这时，一只友善的手拉了我一把，拯救了我，我顾不得四处张望，便飞奔回母亲的怀抱，回到了那个待人关怀备至、教人恭顺贤良的安全世界。我让自己变得比以前更幼稚、更软弱、更天真。我必须要有新的依靠来取代我对克罗默的依附，因为我无法独自前行。所以顺从茫然的内心，我选择了依赖于父母和那个古老而可爱的"光明世界"，虽然我已经知道，它不是唯一的存在。如果不这么做，我就要与德米安为伍，将自己交付于他。我之所以没有选择他，是因为我当时对他怪诞的想法表示怀疑，事实上是我的恐惧在作祟。因为德米安要求的比我父母的还要多，他试图激励我、提醒我、嘲讽我，以此让我更加独立。啊，如今我明白了：世界上没有比通向自我的道路更令人厌恶了！

甚至在半年之后，我的内心仍然无法抵挡这种诱惑。有一天，在散步的途中，我问父亲：有些人声称该隐比亚伯更好，我们应该如何去看待这件事？

他感到非常吃惊，然后向我解释道：这个观点并不新鲜。它在早期基督教时期就出现了，甚至还在一些教派中流传，其中一支教派自称"该隐派"。但这个疯狂的教义无非是魔鬼试图摧毁我们信仰的一种尝试。因为如果我们相信该隐是正义的，亚伯是错误的，如此一来的后果则是，上帝犯了错误，《圣经》中的上帝就不是唯一的真神，而是假神。该隐派确实传授过此类教义，但这种异端邪说早已退出人类文明的历史。令他惊讶的是，我的同学，身为一个中学生竟会对此有所了解。不过，父亲还是严肃地告诫我，不要去沾染这种思想。

第三章　强盗

Demian Die Geschichte von Emil Sinclairs Jugend

谈及我的童年时期，有许多美妙、温馨、可爱的事情值得讲述：父母的庇佑，对父母的爱恋，在温柔、愉快、光明环境中的美满生活。诸如此类的事情别人已经讲过太多。但真正让我感兴趣的，是生命中那些追求自我的步伐。所有宁静的时刻、幸福的港湾、美好的天堂，它们的魔力我再熟悉不过。但我只想让它们停留在远方的光影之中，而不想再次涉足。

因此，如果还是要继续聊聊我的孩提时代这个话题，我只想谈谈那些新奇的感受，那些助我前行或是扯我后腿的故事。

我总是会与"另一个世界"不期而遇，它的到来总伴随着恐惧、压迫、恶意，总是颇具颠覆性，破坏我眷恋着的宁静生活。

随着年龄的增长，我又有了新的发现：我的体内有一种原始的冲动，它在合法的光明世界必须蛰伏起来、隐藏自己。正如所有人一样，我体内的性意识也开始慢慢觉醒，它是敌对者、破坏者，是禁忌，是诱骗，是罪恶。我的好奇心所追寻的，我的梦境、乐趣和恐惧所创造的青春期的秘密，与我那平静祥和、幸福环绕的童年生活格格不入。我和所有人一样，虽然我已经不是个孩子了，但我还像一个孩子一样过着一种双重生活。我的意识生活在家里，在合法的环境中。它否定这个萌生的新世界。与此同时，我又暗自生活在梦境、冲动和愿望之中。有意识的生活以此为基础搭建起了忧虑的桥梁，因为我心中的童年世界已全然崩塌。和几乎所有的父母一样，我的父母也并没有帮助我克服这种成长过程中难以言说的性冲动。他们只是以无尽的耐心，来帮助我完成那些毫无希望的实验，否定现实，继续栖身于愈加虚假、伪善的儿童世界。我不知道，身为父母能否在这件事上多做些什么，不过我并不想为此指责我的父母。走向成熟、找寻方向原本也是我自己的事情。在这件事情上，像许多的纨绔子弟一样，我做得十分糟糕。

每个人都要经历这个困难时期。对普通人来讲，这是人生中的一个节点。在这个阶段，个人自我的渴求与外在环境之间的矛盾冲突达到了顶峰，前行之路布满荆棘。幻灭与重生的经历便成了我们的命运。但是许多人在一生当中只有此时才能获得一次这样的体验——童年的瓦解和逐渐消逝。所有的钟爱之物都离我们而去，这时，我们会突然发现，陪伴在我们周围的只剩下世间无尽的孤寂与冷漠。许多人便永远沦陷于困境之中，终此一生，痛苦不堪，要么沉湎于无法挽回的过去，要么幻想重回逝去的乐园——这其实是最糟糕、最致命的梦想。

让我们再回到我们的故事。那些感受和幻象昭示着我的童年正走向尾声，但它们无关紧要，所以不再赘述。重要的是，"黑暗世界"，那"另一个世界"又重现了。原本附着在弗朗茨·克罗默身上的魔鬼现在却深深地潜伏到了我的体内。"另一个世界"从外界获得了力量，又重新支配了我。

我与克罗默的故事结束之后，已经过去了几年。我生命中那段罪盈恶满的戏剧性时光已离我远去，就如同一个短暂的噩梦，早已烟消云散。克罗默从此从我的生命中永远消失了，仿佛我从来没有遇见过他一样。可我的悲剧人生中还有另一位重要人物，马克斯·德米安，他却并未完全从我的圈子中消失。很长一段时间他都只是远远地站在一边，从不插手我的事务。后来他才开始慢慢靠近我，再次发挥着他的力量和影响。

我试着在回忆中找寻彼时的德米安。好像有一年，或者更久，我都没和他说一句话。我总是躲着他，他也从不勉强我。好像有一次，我们俩不期而遇，他也只是友好地朝我点了点头，打了个招呼。有时我会觉得，他的友善背后似乎隐含着一丝嘲讽或是不屑的意味，当然这可能只是我的幻觉。我和他之间共同经历的那些故事，他对我的那些非同寻常的影响，好像都被他淡忘了，我似乎也是如此。

我在记忆中搜寻着他的身影。如今当我回忆他时，我发现，他就在那里，他一直在我的关注之中。我看到他去上学，独自一人，或是同高年级的学生一起。回忆中的他有如鹤立鸡群，孑然无依、少言寡语，如星体运行般在他们之间游移，被自己的气场所笼罩，遵循着自己的生存法则。没有人喜欢他，没有人相信他，除了他的母亲。但就算面对他的母亲，他的举止也不像个孩子，而像个大人。老师们也尽可能地不去理会他，虽然他是个好学生，但他不会刻意去讨好谁。不时还会有些风言风语传到我们的耳朵里，听说是他出言不逊，批评或是反驳了某位老师，但那好像是为了回应那位老师的无理要求或是尖刻嘲讽，似乎也并不为过。

我闭上双眼，静心沉思，脑海里浮现出他的画面。这是在哪儿？哦，我知道了，这是在我家前面的小巷子。有一天我看到他站在那里，手里拿了个记事本在画画。我看到，他是在画我家大门上面那个带有小鸟图案的古老徽章。我站在窗边，躲在窗帘后面，惊讶地望着他那张面对着徽章，专注、冷静、敏锐的面庞。那是一张男人的脸，一张学者的脸，或是一张艺术家的脸，若有所思，意志坚定，异常聪慧、果敢，还有睿智的双眸。

我的眼前又出现另一幕场景。那是不久之后，在大街上，放学的途中，我们正围观一匹倒地的马。它躺在一辆农车前，身体还拴在车辕上，大张着鼻孔痛苦地喘气，一处隐蔽的伤口还流着鲜血，身旁白色的尘土都被渐渐染红变暗。面对此情此景，我不免感到有些作呕。正当我准备转身离开时，我看到了德米安的脸。他没有往前挤，而是站在最后面，保持着自己原有的闲适与优雅。他的目光似乎在注视着马匹的头部，目光中仍然散发出一如往日的深沉、冷静、近乎美妙却又不动声色的专注力。我不禁长时间打量着他，虽然自己还没有意识到，但我当时已经觉察到了一些与众不同的东西。我盯着德米安的脸，这不是一张孩子的脸，而是一张男人的脸。不仅如此，我似乎还看到或者觉察到，这也不是一张男人的脸，而是还有其他的什么东西，就好像是其中还略带着点女性面容的气质。有一瞬间，我觉得这张脸既不属于男人，也不属于孩子，既不苍老，也不稚嫩，仿佛历经千年，永恒不朽，镌刻着异于我们时代的烙印。动物，或者树木、星辰可能会有这样的容貌——我不了解，我发觉也和现在作为成年人的描述不尽相同，但是有类似的感觉。或许他很漂亮，或许我喜欢他，或许我厌恶他，但这一切我都无法确定。我只能说：他跟我们不一样，他像个动物、幽灵，或者一幅图画。我不知道他是什么样的，但他就是不同，与我们大家就是有着难以言说的差异。

对于他的记忆我只能想起这么多，甚至连这其中的部分内容也可能是从后来的印象中萌生出来的。

直到过了几年，又年长了一些之后，我与他的关系才有了进一步的进展。德米安没有按照习俗在适当的年纪去教会接受坚信礼，不久之后便流言四起。学校里有传言，说他其实是个犹太人，或者是个异教徒。所有人都知道，他和他的母亲没有皈依任何教派，或是信仰某个神秘的邪教。此外我还听到了一种猜测：他和他的母亲像情侣一样生活。在缺失宗教信仰的环境中成长，多少会对他的未来产生不利影响。后来他的母亲也下定决心，让他也参加坚信礼，虽然这比同龄人晚了两年。这样一来，我们才有了几个月一起上坚信礼课程的机会。

有一阵子，我一直躲着他，不想跟他有过多接触。对我来说，他完全就是一个流言和秘密的集合体。但自从克罗默的事件结束之后，深埋心中的愧疚感始终困扰着我。此外，那时我也正为自己心中的秘密而备受煎熬。上坚信礼课程的时候，我正处在性启蒙的关键时期。虽然我内心坚定，但虔诚受教的兴趣还是受到了很大的影响。神职人员讲授的那些教义，虽然宁静圣洁，但对我来说过于遥远。它们美好珍贵，却不切实际，不够刺激，而那些教义之外的东西却恰恰相反。

这种状态下我对宗教课的热情日渐消减，但我对马克斯·德米安的兴趣却日益强烈。似乎有一根无形的线把我们系在了一起，而我只能遵从这根线的牵引。我能想起的是，事情始于早晨的一堂课，那时教室里还亮着灯。宗教老师正在讲该隐和亚伯的故事。我的注意力却不在此，我正昏昏欲睡，根本没有听讲。突然，神父提高了音调，开始绘声绘色地讲起该隐身上的印记。此时，我冥冥之中似乎是有所触动或是得到了一种召唤，于是抬起头朝前排的椅子上望去，刚好看到德米安转过身来看我。他的眼睛里闪烁着光芒，若有所语，似是嘲讽，抑或严肃。他的目光从我的身上一掠而过，我立马紧张地开始听讲，听神父讲述该隐和他的印记。我的内心有一个声音在回响，事实的真相可能并非神父讲述的那样，我们也可以用另外的方式来解释它，我们甚至可以去批判它。

就在这一刻，我和德米安之间又建立了一层新的联系。可奇怪的是，这种必然的归属感才刚进入心灵，它就被传递到现实空间中，有如神助。我不知道是他有意为之，还是纯粹出于偶然——我那时理所当然地认为是偶然。几天后的宗教课上，德米安突然换了位置，正好坐在我的前面。（早晨的教室里人满为患，空气闭塞。从他颈部传来了清爽的肥皂香味，我还记得，这让那时的我多么陶醉！）过了几天他又换了一次座位，整个冬季和春季，他都坐在我的旁边。

从此之后，早课的时光就彻底大变，不再让人昏昏欲睡、毫无乐趣。我甚至有点期待它。有时，我们两个人正聚精会神地听神父讲课，只需他从邻座递来的一个眼神，我就能注意到一段奇特的故事，或是一套古怪的说辞，也只需他的另一个眼神，哪怕是一个不太确定的眼神，就足以唤醒我内心的批判和质疑。

但大多数时候，我们不是乖学生，所以经常在上课的时候开小差。德米安一贯对老师和同学彬彬有礼，我从没见过他参与男孩子们的恶作剧，从没听到过他大声嬉笑或是喧闹，他也从未被老师批评过。但是他会低声耳语，更多的是用手势和眼神，示意我加入他正在做的一些活动当中。这其中的有些活动确实是十分奇特。

譬如，他会告诉我，他对哪些同学感兴趣，会怎样研究他们。有几个他已经了解得非常透彻了。上课前，他对我说："如果我对你竖起大拇指示意一下，那么某人和某人就会回头看我们，或者挠挠脖子之类的。"上课时，常常在我毫无心理准备的情况下，马克斯会突然转身，竖起大拇指向我做出一个引人瞩目的手势，我迅速朝那几个同学看去，他们就像提线木偶一样做出了德米安预期的动作。

我缠着马克斯，让他在老师身上也试试，他却拒绝了。但有一次，我走进教室告诉德米安，我没有预习功课，希望神父不要提问到我，他竟帮了我。神父想找名学生背一段教义，他游移的目光落在了自知有错的我身上。他慢慢走过来，用手指着我，就要叫出我的名字——突然他变得有些心不在焉，或者是惶惶不安，于是他扯了扯衣领，走向一直盯着他的德米安，似乎要问德米安什么问题，令人惊讶的是，他又一次走开了，咳嗽了几声，然后叫起了另一名同学。

诸如此类的趣事常常让我十分开心，然而渐渐地我才意识到，德米安也经常跟我要同样的把戏。有次放学路上，我突然感觉德米安在身后跟踪我，我一扭头，他果然在那儿。

"你让别人想什么事，他就想什么事，这你能办到吗？"我问他。

他以成年人的方式爽快地给出了答复，平静而又客观。

"不能，"他说，"这没有人能办得到。因为人们没有自由意志，即使神父也是如此。他不能按照自己的想法去控制别人的思想，我也不能按照我的想法控制他的思想。我们只能通过仔细观察，才能准确说出他的想法或感受。久而久之，我们也能大概预测出来，下一刻他会做什么。其实很简单，只是大多数人都不知道其中的诀窍而已。当然，这也需要反复练习。

"比如说，蝴蝶中有一类夜蝶，雌蝶的量远少于雄蝶。这类蝴蝶像所有其他动物一样繁衍生息：雄蝶使雌蝶受孕产卵。如果你捉到一只雌夜蝶——自然学家已多次进行实验——夜晚许多雄蝶会花费几小时前来与雌蝶相会。你能想象吗？几小时！在方圆数公里的地区，所有雄蝶都感应到了这唯一的一只雌蝶。人们试图对此进行解释，但这非常困难。它们一定是拥有超凡的嗅觉或者类似的什么能力，就像一只上等猎犬能发现不易察觉的痕迹，并以此展开追踪。你懂了吗？自然界中有很多这样的事情，人们也解释不清。但是我想说：如果雌蝶和雄蝶的数量一样多，雄蝶就不会拥有如此灵敏的嗅觉。这都是经过它们自己反复的训练才掌握的本领。如果一个动物或一个人把自己的全部精力和意志都集中在一件事情上，他们也能达到目标。仅此而已。你刚才说的也同样是这个道理。如果你能够用心仔细地去观察一个人，那么你会比他本人还了解他。"

我几乎就要脱口说出"读心术"这个词，这肯定会令他想起很久之前与克罗默打交道时的情景。但我们之间像是达成了某种默契：无论是他还是我都绝口不提多年前他对我生活的重大干涉。就好像我们两个之间以前毫无关联，又或者是我们都坚信对方已经把往事彻底遗忘了。甚至有一两次，我们俩一起在街上走着，碰到了弗朗茨·克罗默，也没有任何眼神的交流，或是提起任何一句关于他的话。

"人的意志到底是怎么一回事？"我问道，"你说过，人没有自由意志。可你又说，人们只需将意志坚定在某个目标上，就能成功。不对啊！如果我不能支配自己的意志，那么我就不能随意地使它瞄准目标。"

他拍了拍我的肩膀。每当我让他感到高兴时，他就会这么做。

"你问得很好！"他笑着说，"人们必须不断发问，永远秉持质疑的态度。其实道理很简单。比如说，如果雄蝶要将意志集中在一颗星星或者其他事物上，它就不可能成功。只是它根本就不会去做这样的尝试。它只会追寻那些对它们来说有意义和价值的东西，它需要或是一定要拥有的东西。正因为如此，它才做到了一些不可思议的事情——它培养出了魔幻般的第六感。其他的动物都不具备这种能力，除了它！我们人类拥有更广阔的天地，当然，也比动物能获得更多的利益。可我们也被束缚在一个相对狭小的圈子里，无法逾越。我可以天马行空，浮想联翩，我可以说自己一定要前往北极等等。但是只有当我的愿望发自内心，强大到深入骨髓，我才能真正渴望并去实现它。一旦是这种情况，你遵从内心的诉求进行尝试，就会顺利得多，你就可以得心应手地驾驭你的意志。假设我现在想让神父将来不再佩戴眼镜，那是不可能做到的。这纯粹只是一个玩笑。但是，那个秋天，当我强烈地想要调离前排的座位时，我就成功了。当时是有一个久病的同学突然返校，他的姓氏排在我前面，需要有人给他腾出一个座位，于是我就顺理成章地成了那个让出自己座位的人。正是因为我的意志做好了准备，所以我立马抓住了这个机会。"

"对啊，"我说，"我当时还觉得奇怪呢。从我们两个对彼此感兴趣那一刻起，你就离我越来越近。这是怎么回事？一开始你并没有径直坐在我旁边，而是在我前面坐了一阵子，不是吗？这又是怎么回事？"

"是这样的：我第一次要调换座位时，我也不知道要坐到哪里。我只知道，我想坐在后排。我的想法是，靠近你坐，可我自己当时并没有意识到这一点。同时，你的意愿也在推动，帮了我一把。直到我坐到了你前面之后，我才意识到，我的愿望只实现了一半——我发现，我想要的无非是坐在你旁边。"

"但那时候没有新同学再插班进来啊？"

"是没有，但当时我只想听从自己的内心，不假思索地坐到了你的身旁。和我换座位的那个男孩觉得挺惊讶的，不过还是同意了。有一次，神父也发现了异常——后来每次点我的名字时，他内心都觉得有些疑惑，因为他知道我叫德米安，而名字以字母 D 开头的我却坐在后面那些名字是以字母 S 开头的人中间，这说不通。但他并没有对此深究，因为我强烈的意志不断阻挠他这样做。每当他觉得我坐的位置不太对头时，他就会盯着我看，试图找出问题所在，这位善良的先生啊。我的对策很简单。我就死死地盯着他的眼睛，几乎所有人都对此难以招架。他们会变得坐立不安。如果你想在某个人身上达到点什么目的，那么就出其不意地紧盯着他的眼睛，如果他丝毫不为所动，那你就干脆放弃吧！你永远也别想从他身上得到任何东西！但这种情况很少见。其实我的方法只在一个人身上没有奏效。"

"他是谁？"我立马问道。

他看着我，若有所思地眯起了眼睛，然后把目光转向了别处，没有回答我。虽然我很好奇，但也没有再追问下去。

但是我觉得，他当时说的人应该是他的母亲。——我总觉得，他们两个人的关系很密切。但他从没有在我面前提起过她，也没有带我去过他家。我甚至不知道，他的母亲长相如何。

有时候，我很想效仿他，把我的意志集中在一定要达到的目标上。有一些梦想是我迫切想要实现的。但最终我却一无所成。我也没能鼓起勇气和德米安谈论此事。同他吐露心扉，这我做不到。他也并没有过问。

那段时间，我对宗教的信仰也开始出现一些动摇。在德米安的深深影响下，我的思想和我那些完全不信教的同学也大不相同。我碰巧听到过几个同学对宗教的评论，他们认为信仰上帝是可笑至极、令人鄙视的，三位一体和马利亚因圣灵受孕诞下耶稣的故事根本是可笑的无稽之谈，如今还有人在鼓吹这种无聊的事情，这简直是一种耻辱。这种说法我绝对不敢苟同。虽然我还心存怀疑，但整个童年时期的经历让我很清楚虔信生活的真义，我父母过的就是这种生活。这不是羞耻，更不是伪善。而且，我一如既往地对信教之人心存敬畏。只是德米安让我养成了这种习惯，用更自由、更主观、更轻松、更有创造性的方式去看待和阐释宗教故事和信条，至少我会听取他对这些问题的解释，始终乐此不疲，听得津津有味。当然他也有很多观点让我难以接受，比如关于该隐的看法。有一次在坚信礼课上，他提出的观点更为大胆，让我大吃一惊。老师正讲到有关各各他山[1]的故事。《圣经》里关于耶稣基督受难和死亡的讲述给早年的我留下了深刻印象。小的时候，父亲在耶稣受难节诵读完受难故事之后，我竟全然沉浸在这个美轮美奂、苍白虚幻却又生机勃勃的世界中，沉浸在客西马尼园[2]和各各他山中。在聆听巴赫

1　各各他山，耶稣基督的受难地。据《圣经·福音书》记载，耶稣基督被钉在十字架上，而这个十字架就位于各各他山上。所以，各各他山和十字架就成了耶稣基督受难的标志。

2　客西马尼园，是耶路撒冷的一个果园，根据《圣经》记载，耶稣在上十字架的前夜，和他的门徒在最后的晚餐之后在此处祷告。客西马尼园也是耶稣被他的门徒犹大出卖的地方。

的《马太受难曲》[1]时，这个神秘世界忧郁而强大的苦难光辉将我彻底淹没，给我带来了不可思议的震颤感。至今我还能在这篇乐章和《阿徒斯的悲剧》[2]中找到一切诗作和艺术表达的缩影。

那节课后，德米安若有所思地对我说："辛克莱，这里面有些地方我不太喜欢。你仔细读一下这个故事，品一品它的味道，是不是让人感觉有点索然无味。就是那个跟耶稣一同被钉在十字架上的两个强盗的故事。小山丘上并排耸立着三个十字架，那是多么壮观的景象啊！现在却变成了关于正直强盗的宗教感化故事！他是个罪犯，做了坏事，这些上帝都一清二楚。如今却惺惺作态，表演些痛哭流涕、悔过自新的桥段！你说说，对于一个一只脚已经踏入坟墓的人，这样的忏悔还有什么意义？这无非又是一个彻头彻尾的神父故事，甜蜜而又虚伪，披上同情这一感伤的外衣，其目的充其量不

---

1 《马太受难曲》是由德国著名音乐家约翰·塞巴斯蒂安·巴赫于18世纪创作的音乐剧。这部曲子共分为78首分曲，真实地再现了耶稣被犹大出卖、被捕、受审、被钉十字架和被埋葬等场景。

2 《阿徒斯的悲剧》，也被叫作《上帝的时间是最好的时间》，是巴赫早期清唱剧之一，文本由源自《旧约》与《新约》的不同圣经词，以及马丁·路德和亚当·罗伊斯纳圣经歌曲的选段组成。内容主题是关于生命的局限、死亡、重生与永生。

过是教人虔诚笃信。如果现在要你必须选其中一个强盗做朋友，或者考虑一下你更信任哪一个，你肯定不会选那个哭哭啼啼、悔过自新的家伙。是的，你肯定会选另一个，他才是条汉子，是真的有骨气。他对所谓的洗心革面嗤之以鼻，虽然在当时的状况下，他只需要说句好话而已。他勇往直前，在最后关头也没有怯懦地背弃一直以来帮助他的魔鬼。他很顽强，而这种性格顽强的人在圣经故事里常常是活不久的。他也有可能是该隐的后裔，你觉得呢？"

我对他的话感到十分震惊。一直以来，我都自以为对耶稣受难记的这段故事十分熟悉了。到现在我才发现，当时在倾听或是诵读这个故事的时候，自己的想法是多么平庸，多么缺乏想象力。但是，在我看来，德米安的新想法还是太过激烈，它几乎颠覆了我长久以来持有的观念。不能这样，我们不能这样来看待一切事物，更不能这样来看待上帝。

一如既往，还没等我开始说话，他就迅速地察觉到了我的抵触情绪。

"我知道，"他顺着我说，"这是个古老的故事。但别太认真了！我是想跟你说：我们能很清楚地看到宗教是有缺陷的，这不过是其中一个方面。《新约》和《旧约》中那个全知全能的神其实并不是他本人想展现给世人的样子。他是一切善良、尊贵、父爱、美好、高大和感情的化身——这话不错！但世界不单单由此构成。另外的事物却全然被归为邪魔外道。人们对世界的另一半避而不谈。他们把上帝尊颂为万物之父，却对性生活、对生命的起源避而不谈，甚至还称其为罪恶的奸邪之事！我不反对人们崇敬上帝耶和华，一点都不。但我的意思是，我们应该崇敬万事万物，并把它们奉为神圣，而不单单是那被世人人为抬高的半个世界。也就是说，我们在向上帝做礼拜的同时，也应该崇敬魔鬼。这才是正确的。或者这样，人们可以再创造出一个把魔鬼包含在内的上帝。在他的面前，当世界上最自然的事情发生时，我们就不必刻意闭上眼睛，假装视而不见。"

他一反常态，情绪突然变得激动起来，但立刻又恢复了笑容，没有再对我步步紧逼。

但这番话却道出了我整个童年时期的疑惑，这个疑惑每时每刻都萦绕在我心头，但对此我却没有向任何人透露只言片语。德米安关于上帝和魔鬼、官方神圣的上帝世界和秘而不宣的魔鬼世界的言论，正是我心中的想法，我脑海里的神话，我对于两个世界或者世界两面性的思考——光明的世界和黑暗的世界。原来我的问题竟是芸芸众生的共同问题，是事关所有生命和思考的本质问题，想到这一点，我如获天启。当我突然意识到，自己个人的生活和思考汇入了伟大思想的永恒长河之中，恐惧和敬畏之感油然而生。这一认识虽然使我的观点在某种程度上得到了证实和肯定，我却着实高兴不起来。这是一条前途凶险、充满苦涩的道路，因为它意味着承担责任，意味着丧失童真，意味着独自前行。

我生平第一次揭开了心中深藏已久的秘密，把自己内心从很小的时候就一直存在的"两个世界"的观点告诉了我的小伙伴。他立刻明白，我内心深处的感受跟他的是一致的，我赞同他的观点。但乘虚而入并不是他的风格。他专注地听着，比以往任何时候都全神贯注，紧盯着我的眼睛，以至于我不得不扭头避开他的目光。因为在他的双眸中，我又一次看到了那种动物般非同寻常的永恒感和难以想象的老成持重。

"我们下次再多聊聊这个话题。"他善解人意地对我说，"我觉得，你无法表达出你内心所有的想法。如果是这样的话，你肯定也知道，你从没有把你的想法付诸生活，这可不行。只有付诸生活的思想才有价值。你知道的，那个'合法的'世界只是这个世界的一半而已，你尝试过对另一半视而不见，就像神父和老师们的做法一样。但你会发现你是做不到的。一旦一个人有了这样的想法，他就再也无法做到了。"

他的话切中了我的要害。

"可是，"我几乎叫喊出来，"你也不能否认，在这世界上的的确确存在着为非作歹、不堪入目的事物。既然这是明令禁止的，我们就不得不放弃它们。我知道有很多谋杀和各种恶行的存在，但仅仅因为这个世界上存在着这些东西，我就要跟着同流合污，一起变成罪犯吗？"

"看来今天我们不能达成共识了，"马克斯劝慰道，"你肯定不能杀人或强奸少女，这是绝对不允许的。你暂且还无法领会到'许可'与'禁忌'的真谛。你仅仅感悟到了真理的冰山一角。其他的部分也迟早会出现，这一点你一定要相信！比如现在，近一年以来，你的内心中燃起了一种欲望，它比其他任何欲望都来得更为强烈，它被视作'禁忌'。相反，希腊及许多其他民族却把这种欲望归为神性，举办盛大的节日来崇敬它。'禁忌'绝不是永恒的，它可以发生变化。而现如今，只要在神父面前举行过婚礼仪式，任何一个男人都可以和一个女人同床共枕。即便在今天，在其他一些民族中的情况还是有所不同的。因此，我们每个人都要为自己寻找到属于自己的'许可'和'禁忌'。一个人不会因为做了禁忌之事就变成了坏蛋，反之亦是如此。——其实这不过是个事关懒惰与否的问题！一个懒得进行思考和自我评判的人会服从世俗的禁忌。他们活得毫不费力。另一些人则在内心中有着自己的清规戒律。绅士的日常举止，对他们可能是禁忌；被人唾弃的行为，他们反而觉得合理正常。每个人都应该有自己的准则。"

说了这么多，他似乎突然有些后悔，便停了下来。不过，那时我已然能够体会到他的一些感受。他已经习惯于这样畅所欲言地表达出自己的想法，但正如他曾经所说的，他坚决不能忍受那种"为了说而说"的谈话。和我待在一起时，除去真正的兴趣之外，他感觉在我们机智的对话中更多的是放松与欢乐，或者简而言之，不用那么郑重其事。

当我再次读到自己写下的最后一个词——"郑重其事"之后，我突然想起了另一幅场景，那是我和德米安在那段少年时期最难以忘怀的共同经历。

离我们受坚信礼的日子越来越近了，最后几节宗教课讲的是关于圣餐的事。这几节课对我们的神父来说十分重要，他使出了浑身解数，课堂上的庄严气氛不言而喻。然而正是在这最后的几节指导课上，我的思绪已经飞向九霄云外，飞到了德米安身上。我一边盼望着坚信礼，期待着教会的这个庄严的接纳仪式，一边头脑里又难以抑制地冒出了另一个念头：这个为期大约半年的宗教培训对我而言的真正意义，不在于我在这里学到了什么，而在于和德米安的亲密接触以及他对我的影响。现在的我并不愿意被教会所接纳，而更期待加入其他的一些完全不同的组织，加入尊重思想和人格的团体，人世间肯定存在这样的团体，我认为我的朋友正是他们的代表和使节。

我试着打消这种念头。无论如何，我都要严肃认真、心怀庄重地去经历这次坚信礼仪式。但这与我的新思想似乎有些格格不入。我还是想做我喜欢的事情，这种新思想依然存在着，并在我的心里与逐渐临近的教会仪式交织在了一起。我做好了准备，要以一种异于他人的方式来庆祝它。对我来说，它意味着自己被一个思想世界所接纳，而这一切正是拜德米安所赐。

那几天，我与德米安又进行了一次激烈的争辩，事情恰恰是发生在教义课之前。我的朋友一直默不作声，他对我故作老成、妄自尊大的言论没有表现出丝毫兴趣。

"我们已经说得太多了，"他异常严肃地说，"这种长篇大论没有什么好处，一点也没有，只会让人迷失自我。迷失自我是一种罪过。人们必须像一只乌龟一样，完全蜷缩在自己的体内。"

说完这番话后，我们便走进了教室。开始上课后，我努力保持专注，德米安也没有干扰我。过了一会儿，我发现，从德米安那边传来的气氛有些异样，有种空旷冷寂或者类似的感觉，似乎他的座位突然空了一样。这种感觉越来越强烈，我不禁扭过头去查看。

我看到我的朋友像往常一样坐在那里，身体笔直，姿势端正。然而他看起来却和往日迥然不同，一种无法言说的东西从他的体内散发出来，环绕着他。我以为他闭上了眼睛，可看到的却是他睁开的双眼。他的目光空若无物，涣散呆滞，似是凝视内心，又或是眺望远方。他坐在那里，一动不动，呼吸都仿佛停止了，他的嘴巴像是由木头或石头雕刻而成。脸色苍白，毫无血色，像块石头，全身最有生命力的部位就是他棕色的头发。他的双手摆在身前的长凳上，如死寂的物件，如石头或是果实，苍白而静止，但也并非软弱无力，反倒像是坚固完美的外壳，包裹在隐秘而强壮的生命之外。

此情此景使我不寒而栗。他死了！我内心的这种想法几乎就要脱口而出。但我知道，他并没有死。我着迷地注视着他的脸，盯着这张苍白、石化的面具。我突然意识到：这才是德米安啊！平时与我走路和讲话的样子，那只是半个德米安，他只是暂时扮演了一个角色，为了适应生活，讨人喜欢。真正的德米安看起来正如这般：面无表情，古老悠远，宛如动物，宛如磐石，美丽而冰冷，看似毫无生气而又隐含着旺盛的生命力。而他的周围萦绕着的，是寂静的空虚，是苍穹和星空，是孤寂之死！

现在他完全进入了自我。想到这一点，我的心中泛起一阵恐惧。我从未感到过如此落寞。我无法参与其中。在我看来，他遥不可及，与我天各一方，仿佛身处世界上最遥远的孤岛之上。

可我不明白，为什么其他人却看不到这样的景象！如果大家都往这个方向看过来的话，一定都会感到毛骨悚然！可没有人注意到他。他坐在那里，宛如画中人，僵直如一尊神像。一只苍蝇落在他的额头上，慢慢爬过鼻子和嘴唇——他纹丝不动。

他现在究竟在哪里？他在想什么，他感觉到了什么？他是在天堂还是在地狱？

我无法去开口问他。直到快下课时，我才看到他又活了过来，恢复了呼吸。当他的眼神与我的相遇之后，他又变得和往常一样。他从哪里回来了？他刚才在哪儿？他看起来有些疲惫，但脸上又恢复了血色，双手也开始活动了，而那一头棕发却在这一刻失去了光泽，仿佛筋疲力尽了一般。

在后来的几天里，我在卧室里反复沉迷于一项新练习：我笔直地坐在凳子上，眼神呆滞，一动不动，看我能坚持多久，在其中能感受到什么。我只感觉到了疲倦，眼皮痒得厉害。

不久之后就到了坚信礼的日子，对此我并没有留下什么深刻的记忆。

一切都发生了改变。童年顷刻之间土崩瓦解。父母局促不安地望着我。姐妹们也同我愈加疏远。清醒的幻灭使我原本熟悉的感觉和快乐都渐渐淡漠，花园不再芳香，森林不再迷人，我周围的世界像是一摊减价出售的老古董，索然无味，书本变成了废纸，音乐变成了噪音。宛如秋日里的一棵枯树，叶子从树上不断飘落。它察觉不到身旁滴落的雨水，或是太阳，或是霜冻。它的生命正一步步退隐向体内最幽深的地方。它没有死，它在等待。

父母决定假期过后让我转学。这是我第一次离家去异乡求学。有时候，母亲会对我特别温柔，像是提前的告别，努力把爱、思乡和难忘的点点滴滴用魔咒印刻在我的心头。德米安外出旅行了。我变成了孤家寡人。

第四章　贝雅特丽齐[1]

Demian Die Geschichte von Emil Sinclairs Jugend

在假期末，我就去了 St.[1] 城，出发前没有再见到我的朋友。我的父母陪我一同前往，小心翼翼地把我安顿在了一个男生宿舍，管理者是个文理高中的老师。如果当时他们知道把我送到了一个什么样的地方的话，一定会惊得目瞪口呆。

我究竟是要逐渐变成一个好儿子、有用的公民，还是跟随我的本性，走向其他的道路？自始至终都是这个问题。我最后一次的尝试——在父亲的家园和精神的荫庇下幸福地生活——持续了很久，

1　德语原文 St.，为 Sankt 或者英语 Saint 的缩写，加在人名、地名前，意思是"圣……"。所以这个城市名称可以理解为"圣城"，这个命名应是作者刻意为之。

其间几近成功，最终还是以完败告终。

坚信礼后的假期里，我第一次感受到无比的空虚与寂寞（我在日后也有过这种体验，无比的空虚，无比的窒息感），而且这种感觉久久不能消散。我竟出奇地适应离开家乡的生活，甚至还因不曾悲伤而感到羞愧。我的姐妹们都无缘无故地哭泣难过，我却不为所动。对此我也感到很惊讶，从前我一直都是个相当善良、感情丰富的孩子，现在我性情大变。我对外部世界全然冷漠，整日只专注于倾听自己内心的声音，聆听那些禁忌的暗涌，它们在我体内隐隐作响。在这半年里，我的身体长得很快，身材高大却瘦削，看起来涉世未深的样子。我已然失去了孩童的纯真可爱，我知道没有人喜欢这样的我，我也不喜欢自己。我常常非常想念马克斯·德米安，但我也没少痛恨他，我把自己生活的贫乏都归咎于他。对我而言，这种贫乏的生活犹如恶疾缠身。

起初，我在这所寄宿学校既不受欢迎，也得不到尊重。一开始，他们总是愚弄我，后来他们就不理我了，我在他们眼里就是个胆小鬼，而且性格怪异。我却很喜欢自己这样的角色，甚至变本加厉，表现得更为夸张，日益特立独行起来。在外界看来，这是坚忍不拔、睥睨一切而极具男子气概的行为，然而暗地里我却经常遭受悲伤或是绝望情绪的袭击。在学校里，我凭借以前在家时的知识积累就足以应付学习，这里的课程进度较我们之前的班级稍落后一些。我逐渐习惯轻视同龄人，把他们看作幼稚的小孩子。

一年多的时光就这样过去了。最初几次放假，回到家里的生活也是索然无味，我反而更迫不及待地想要离家远走。

那是十一月初。不论天气如何，我都习惯了每天出去散散步，思考一些事情。在散步的路上，我收获到一种满足感，一种忧郁、厌世和自鄙的满足感。有一天晚上，黄昏时分的空气潮湿氤氲，我溜达到了市郊那边，公园里宽阔的林荫道上空寥幽寂，似是在对我发出盛情邀请。路面上铺了一层厚厚的落叶，我怀着一种幸灾乐祸的心情不停踩踏着它们。空气中弥漫着潮湿苦涩的气息，远方的树木逐渐从团团迷雾中显现出来，有如幽灵一般，高大阴森而又朦胧缥缈。

站在道路的尽头，我有些犹豫不决，呆呆地望着地上黑烂的树叶，贪婪地呼吸着湿漉漉的空气中散发出的腐朽和枯萎的味道，我体内的某种东西在回应它、问候它。哦！生命竟然如此乏味！

一个穿着翻领大衣的男人从旁边一条小径走了过来，衣襟飘摇，我正要起步离开，他叫了我一声。

"你好，辛克莱！"

他走了过来，是阿尔方斯·贝克，他是我们宿舍里最年长的学生。我挺喜欢见到他的，只是他对我总像对待其他小孩子一样，态度傲慢，冷嘲热讽，俨然一副长辈的模样。除此之外，我并不讨厌他。他的身体十分强壮。据说，宿管先生也得让他三分，他还是高中里许多传说的主角。

"你在这儿干什么呢？"他友好地问我，但仍免不了成年人一般居高临下的口吻，"我打赌，你是在作诗吧？"

"我可没有这样的兴致。"我毫不客气地否认道。

他大笑一声，径直走到我的旁边和我闲聊起来，我实在是不太习惯这样。

"你不用紧张，辛克莱，我能理解。一个人走在夜晚的迷雾中，怀着秋思，有了灵感，自然会想作诗，这我都懂的。感叹凋零的大自然，或者像凋零的大自然一样消逝的青春。海因里希·海涅就是这样。"

"我没有那么多愁善感。"我反驳道。

"那好吧！在这种天气下，有闲情逸致的人应该找个幽静的地方小酌两杯。你跟我一起去吗？我正愁找不到人呢。——还是你不愿意？亲爱的，要是你想做个乖学生的话，那我就不带坏你了。"

随后不久，我们便坐在了一家郊区小酒馆里，喝着味道奇怪的红酒，听着大酒杯碰撞的声音。起初我不太喜欢这种感觉，但毕竟是次新鲜的体验。不久后，由于不谙酒性，我开始变得话多了起来。就好像是我敞开了内心的窗户，世界也随之映射进来。——我都不记得有多久没有与自己的心灵对话了。我开始胡言乱语，中间当然是大谈特谈亚伯和该隐的故事！

贝克津津有味地听我谈天说地——我终于有自己的听众了！他拍拍我的肩膀，称我是条好汉，是个天才小滑头。积聚已久的倾诉欲终于得到了满足，得到认可，能在年长者面前夸夸其谈，这简直让我心花怒放。他称我为天才小滑头时，这句话就如同甘甜浓烈的红酒一般注入我的灵魂。世界发出异彩纷呈的光亮，我的思绪万千，如泉水般奔涌而出，灵魂和火光在我体内熊熊燃烧。我们谈天说地，聊老师，聊同学。我觉得，我们俩简直是臭味相投。我们还聊到了希腊人和异教。贝克一定要我讲讲自己的风流韵事。我没办法讲。我没有经历过，所以也无从讲起。我的所感、所思、所想令我的内心无比焦灼，可即便是借着酒劲我也无法将其言说。贝克对女孩很是了解，我脸红心跳地听他滔滔不绝地讲述女孩们的故事。在我看来，荒谬至极的事情变成了赤裸裸的现实，令人难以置信，但似乎也合情合理。阿尔方斯·贝克估计才十八岁，就已经俨然是个经验丰富的情场老手。比如说，他认为，小姑娘们无非是些爱臭美、爱听好话的花瓶。她们很漂亮，但算不上真正的女人。能捕获女人的芳心才是真本事，因为她们要聪明伶俐得多。比如那个开学生文具店的雅戈尔特夫人，提到她，大家总是议论纷纷。至于柜台后面发生的事情，那就更是令人难以启齿了。

我坐在那里，听得如痴如醉。其实我并不喜欢雅戈尔特夫人——但这确实是闻所未闻啊！至少对年长一些的人来说，聊起这些事情可以说是滔滔不绝，而这是我即使在梦里也没有想过的事情。听起来不太对劲，这比我想象中的爱情要低俗、平凡得多。——但终究这才是现实，这就是生活和冒险。我的旁边就坐着一位有着这种经历的人，对他来说，这一切都是理所当然。

原本热火朝天的对话渐渐沉寂下来，我们没有了话题。我不再是那个天才小滑头，而只是个聆听大人训话的小男孩。即便如此，与我几个月来的生活相比，此刻的感觉也如同置身于天堂般轻松美妙。除此之外，我渐渐才意识到，这一切都是禁忌，绝对的禁忌，无论是坐在酒馆里买醉，还是聊天的内容都是如此。但无论如何，我还是从中听到了灵魂的呐喊，品尝到了反叛的滋味。

现如今，我仍十分清楚地记得那个夜晚。湿冷的深夜，在昏暗的煤气路灯照射下，我们两个人踏上了归途。我经历了生平第一次酒醉。那种感觉并不美好，甚至特别痛苦，却也别有一番滋味，迷人又甜蜜，颇有种反叛、放纵的感觉，这就是生命和灵魂。贝克虽然嘴上不依不饶，数落我是个逞能的菜鸟，但总归还算关心我，连拖带扛地把我带回了学校。我们俩从一扇敞开着的窗户偷偷溜回了宿舍。

不省人事地小睡了一会儿后，我痛苦地醒了过来，完全清醒后，感到浑身疼痛无比。我起身坐在床上，身上还套着白天的衬衫，衣服和鞋子散落一地，屋里弥漫着烟草和呕吐过的味道。正当头痛、恶心和愈加强烈的口渴感一并向我袭来时，一幅久违的画面浮现在我的心头。我看到了故乡和我的家，爸爸和妈妈，姐妹们和花园，我看到了家里宁静的卧室，看到了学校和集市广场，看到了德米安和坚信礼课程——所有这些都明亮辉煌，熠熠生辉，它们是那么不可思议，如此神圣而纯粹。可我现在知道，所有的这一切，在昨天，就是几个小时之前还都属于我，在等待着我。然而现在，就在此刻，一切都消逝得无影无踪，它们不再属于我，推开了我，鄙夷地凝视着我。我的思绪回到了记忆最深处的那个最为美好的幼时花园，父母给予我的所有的挚爱和热忱，母亲的每一个吻，每一个圣诞节，每个虔诚光明的周日早晨，花园里的每一朵花——这一切都化为废墟，都被我的双脚亲自践踏、摧毁！如果现在警察前来抓捕我，把我当作社会败类和亵渎神明者送到绞刑架前，我也毫无怨言，肯定会心甘情愿地跟他们走，还会觉得这是理所应当。

这就是我的内心独白！我放浪形骸，整天东游西荡，对这个世界不屑一顾！我自命不凡，追逐着德米安的思想。这就是我的丑恶嘴脸：人渣，肮脏下流，烂醉如泥，令人作呕，卑鄙无耻，粗野的牲畜，被可恶的欲望驱使！这就是现在的我。我从纯净、明艳、娇柔的花园走来，我曾醉心于巴赫的音乐和美妙的诗篇！听到自己的大笑，我感觉既厌恶又愤怒。如同醉汉身上发出的笑声，毫无节制、断断续续、幼稚而又愚蠢的大笑。这就是我！

但无论如何，承受苦难对我来说也算是一种享受。一直以来，我茫然而麻木地缓缓前行，沉默、贫瘠的心灵蜷居在角落里，所以即便是自怨自艾、是恐惧、是丑陋的感受，我的灵魂都愿意接纳。毕竟有所感受，有火焰在升腾，有心脏在颤动。在痛苦之中，在神智迷乱之间，我竟有种得以解脱、获得新生之感。

在外人看来，在这段时间里，我着实是日渐堕落。有了第一次的宿醉，之后很快便习以为常。学校里喝酒胡闹的事情时有发生，我是所有参与者中最小的一个。很快，我就不再是个受欺压的小跟班了，而是变成了众人追捧的带头大哥，一颗耀眼的明星，一个臭名昭著、胆大妄为的酒肆常客。我又重返黑暗世界，归附于魔鬼，而且在这个世界里我表现得相当出色，堪称个中翘楚。

与此同时，我的内心还是发出阵阵悲鸣。我过着得过且过、自我毁灭的生活。其他小伙伴把我当成头儿，认为我是条好汉，是个既勇敢又机智的男孩，而我自己却忧心忡忡、恐惧不安。有一次，那是个周日的上午，我走出酒馆，看到一群在路边玩耍的孩子，他们梳着整齐的头发，穿着周日盛装，阳光而又快乐。那一刻，我的眼泪夺眶而出。每次坐在小酒馆肮脏的桌边，和朋友们喝酒说笑时，我总是抛出一些厚颜无耻的话来取笑或是恐吓他们。但在那颗幽闭已久的心里，我却对自己嘲笑的事物满怀敬畏。在内心深处，我早已痛哭流涕地跪在灵魂、过往、母亲和上帝面前。

　　我始终无法真正和我的同伴打成一片，在他们中间，我依然感觉孤苦伶仃，并为此备受折磨。这其实是有原因的。在那些粗野的人心里，我是个酒馆英雄，是个跳梁小丑。在关于老师、学校、父母、教堂的思想和言论里，我表现得既有想法又有气概——我能听别人讲黄段子，甚至自己也能来一个——可当我的伙伴们去找女孩子时，我却从不参与。虽然我总是把自己吹嘘成老于世故的情场浪子，但事实上，我却是孑然一人。我对爱情也一直怀着炙热的渴望，一种毫无希望的渴望。没有人比我更敏感、脆弱，更害羞、忸怩。看到迎面走来的年轻少女，美丽、清爽，明艳、优雅。对我而言，她们就是美妙而纯洁的梦境，她们比我要美好、纯洁千百倍！有段时间，我甚至不敢去雅戈尔特夫人的文具店，因为看到她，想到阿尔方斯·贝克讲述的那番话，我总是会不由自主地脸红。

在这个新的圈子中，我越是感觉孤独、特异，就越无法抽身而退。我真的不记得，终日酗酒、信口开河是否曾经让我感到快乐，我也并没有习惯喝酒，每次醉酒之后都痛苦不堪。这一切对我来说都是种负担。我所做的，都是我不得已而为之，因为除此之外我实在也不知道自己该干些什么。我惧怕长久的孤独。我的内心不断产生敏感、羞耻的情绪波动，头脑中总是涌现出关于爱情的各种细腻的想法，更是让我惶惶不可终日。

我最缺少的是一个志同道合的朋友。是有两三个我很喜欢的同学，但他们都是乖孩子，我的恶名却是尽人皆知。他们都躲着我。在所有人眼中，我就是一个玩物丧志、岌岌可危的浪子。老师们对我的种种恶行并不陌生，我曾多次被严厉惩处，迟早被学校开除也是大家意料之中的事情。我自己也知道，我早就不是个好学生了，我逃避现实，自欺欺人，得过且过，但自己也深知这并非长久之计。

上帝有许多途径使人陷入孤独，从而走向自我。那个时候，他也为我铺设了一条这样的道路，那简直就是一场噩梦。肮脏黏腻的呕吐物、摔碎的酒瓶、天花乱坠的闲扯，在经历了无数这样的夜晚之后，我终于认清了自己，一个被魔咒迷惑的梦游者，痛苦万分、毫不停歇地爬行在丑陋脏乱的路上。在一些梦境之中，在寻找公主的征途上，骑士会误入污秽遍地的街边后巷，会身陷臭气熏天的粪池。我当时的境况就是如此。通过这种并不高明的方式，我使自己成为孤家寡人，在童年和自己之间搭建起了一扇紧闭的伊甸园之门，门口有金光闪闪、冷血残酷的守卫在驻守。这是个开端，是回归自我的觉醒。

宿管先生多次写信向我父母发出警示。父亲第一次来到了St.城，忽然出现在我的面前，我毫无防备，不由得吓得心惊胆战。那年冬末，当父亲第二次来时，任凭他责骂、哀求或者搬出母亲来打动我，我自始至终都是一副铁石心肠、无比冷漠的模样。最后，他勃然大怒。他对我说，如果我不改邪归正，就要让我听凭学校发落。我会带着耻辱被学校扫地出门，然后会被送进少管所。随他的便吧！他临走时，我为他感到难过，但这也无济于事，他走不进我的内心。有时我甚至觉得，他这是罪有应得！

我并不在乎自己会变成什么样子。我与世界为敌的方式独特但并不精彩，终日坐在酒馆里夸夸其谈，这就是我的抗争方式。那段时间，我完全是破罐子破摔。有时候，我会产生这种想法：如果世界不需要我这样的人，无法为我们找到更为合适的安身之所，安排更为崇高的任务，那么和我一样的这些人也必然会走向灭亡。那就让世界来承担这一切的恶果吧！

那年的圣诞节大家也过得非常不愉快。再次见到我时，母亲吓了一跳。我长高了，消瘦的脸庞看起来苍白干枯，神色憔悴，还有浓重的黑眼圈。刚长出的小胡须和不久前才佩戴的眼镜多少让她有些不太习惯。姐妹们哧哧地笑着往后躲。一切都令人十分不快。和父亲在书房里不甚愉快的谈话、亲戚们极不舒畅的问候，尤其败兴的是圣诞夜。自从我出生以来，这便是家里最盛大的节日，一个喜庆、感恩与爱的夜晚，是我和父母重修旧好的夜晚。而在那年的圣诞夜里，所有的一切却都沉重压抑，尴尬难堪。父亲如往年一样诵读了《圣经》中的《西番雅书》："他们必在那里牧放群羊。"姐妹们如往常一样，喜笑颜开地站在摆放着礼物的桌前，可是父亲的声音听起来却是闷闷不乐，他紧绷的脸上写满了苍老，母亲也露出一副伤心的表情。所有的一切都令我尴尬，让我排斥——礼物和祝福，福音书和圣诞树。姜糖饼味道香甜，种种甜蜜的回忆也随之被唤醒。圣诞树馨香四溢，讲述着逝去的往事。我只期待着这个夜晚赶紧结束，这个节日赶快过去。

整个冬天一直都沉浸在这样的气氛之中。不久前，我才收到学校评议会的严重警告，威胁着要开除我。可能要不了多久了。好吧，反正我也无所谓。

我对马克斯·德米安的行为感到深恶痛绝。这段时间，我一直都没有再见到过他。刚到 St. 城上学的时候，我曾给他写过两次信，却没有收到任何回复。所以，放假期间我也没有再去找他。

初春时节，刺篱开始露出第一抹绿意，我在秋天碰见阿尔方斯·贝克的公园里，遇到了一位姑娘。我正独自在散步，满脑子胡思乱想，心烦意乱。因为我的身体状况不太好，还总是借同学的钱，经济日益拮据，因此不得不捏造出一些必要的开支，好从家里要钱。我已经在好几家商店赊欠了烟酒钱。当然这些烦恼还算不上什么大事——如果我被学校开除，投河自尽或者是被送进少管所的话，那么刚才提到的这些事情就绝对可以说是不值一提了。但是眼下我还是得面对这一堆破事，为此而饱受折磨。

在那个春日里，我在公园邂逅了一位令我着迷的年轻姑娘。她身材高挑修长，穿着优雅，长着一张英气聪慧的脸庞。我对她一见钟情，她就是我喜欢的类型，很快她便充斥了我的脑海。她应该没比我大多少，却更成熟优雅，她的轮廓已经凸显，已经差不多算是个十足的女人了，只是脸上还略显傲慢与稚嫩，这一点也正是我最为中意的地方。

我从没成功接近过我喜欢上的姑娘，这一次当然也没有例外。但这个女孩却给我留下了前所未有的深刻印象，这次一见倾心的爱恋对我的人生影响深远。

突然间，我的眼前浮现出一幅画面，一幅高贵典雅而又令人崇敬的画面——啊，我内心的需求与渴望从未像现在这样，我从未对崇敬与爱慕产生如此深沉、强烈的愿望！我把她唤作"贝雅特丽齐"，因为我知道这个名字。虽然我没有读过但丁的作品，但是我看到过一幅英国油画，我还收藏了这幅油画的复刻品。画上是一位前拉斐尔式的女性形象，身材修长苗条，头部窄长，手脸精巧。虽然她也有我钟爱的修长与英气，容貌清丽脱俗、灵性十足，但我喜欢的那位美丽少女与画中的女孩并不十分相像。

我与贝雅特丽齐自始至终没有说过一句话，但她当时还是给我的生活刻下了难以磨灭的深深印记。她将自己的形象置于我眼前，为我开启了一片圣地，使我成为庙宇中虔诚的朝圣者。一夜之间，我戒掉了酗酒和浪荡的恶习。我重归孤独，重新乐于阅读，再次爱上散步。

突然的转变让我受尽了嘲讽。但我现在有所爱之人，所求之物。我又拥有了信念，生命充满了未知的奥妙和多彩神秘的朦胧——这一切使我得以抵御嘲讽的侵袭。我独自待在家里，成为一幅图画的奴隶、仆人和爱慕者。

想起那段时光，我至今还是抑制不住内心的激动。我又一次尝试用全心全意的努力，在那个支离破碎的生活废墟上建立起一个"光明世界"。我又一次追随着唯一的渴求去生活：肃清内心的阴暗奸邪，全然沐浴在光明之中，跪拜在上帝面前。可是，此刻这个"光明世界"毕竟是我自己创造的，它不再是重回母亲温暖的怀抱，不再是栖身于无须担负责任的安全港湾。它是一种全新的、由我自己创造和追求的使命，它需要有责任感和自控力。一直让我饱受折磨，让我一再逃避的性意识，如今也要在这圣洁的火焰中升华为坚定的灵魂和虔诚的信念。一切黑暗和丑陋都将不复存在，不再有唉声叹气的漫漫长夜，不再为看到色情图片而心跳不已，不再把耳朵贴在门上去偷听禁忌的事情，不再有淫邪的念头。我搭设起了供有贝雅特丽齐画像的祭坛，我献身于她，献身于灵魂和上帝。我把从黑暗势力手中夺回的生活奉献给了光明。这一次，我追求的目标不再是享乐，而是纯真，不是幸福，而是美好和灵性。

对贝雅特丽齐的狂热已经彻底改变了我的生活。昨天的我还是个早熟的纨绔子弟，今天的我已经栖身庙宇，虔诚敬拜。我不仅舍弃了习以为常的放荡生活，还力图改变一切，将纯净、优雅与尊严带入生活中的点点滴滴，我首先想到的是要在饮食、言谈和着装方面做到这一点。早上，我开始用凉水洗浴，虽然起初这做起来并不容易，必须要有强迫自己的毅力才能坚持下去。我举止庄严肃穆，穿着得体，步伐缓慢而威严。旁观者可能会觉得奇怪——我自己的内心却充满虔敬。

为了给自己新的信念找到一个表达的出口，我不断尝试各种新的练习，其中有一项对我至关重要。我开始画画。事情的起因是，我手上那幅英国的贝雅特丽齐画像与那个女孩并不是十分神似。我想试着为自己画一幅她的画像。我满怀喜悦和憧憬，在我的房间里——近来我有了自己的房间——买好了精美的画纸、颜料和画笔，备齐了调色板、玻璃杯、瓷盘和铅笔。我买到了精巧的小管装坦培拉颜料，这种颜料让我爱不释手。其中那浓郁热烈的铬绿色颜料第一次在小白瓷盘上闪耀的情景，我至今仍历历在目。

我小心翼翼地开始进行尝试。要画好一幅人面肖像并不是件容易的事情，于是，我开始先尝试着从别的东西入手。我画出了装饰品、花朵和想象出来的小风景，小教堂边的一棵树，还有一座长着柏树的罗马桥。有时，我全然沉浸在这个游戏般的创作中，幸福得像个得到了颜料盒的孩子。最后我才开始描画贝雅特丽齐。

有几幅画画得相当失败，被我扔掉了。我越是想象那天在街上遇到的那个女孩的面容，画面就越模糊。最终我放弃了胡思乱想，径直开始作画，任凭色彩和画笔激起的幻想来引领自己。随之得到的是一副梦想中的面孔，我对此还算满意。我随即继续进行这种尝试，虽然与现实仍有差距，但每一幅画都表达得越来越清晰，越来越接近我的设想。

我越来越习惯拿起梦幻的画笔来描绘线条、填补空白，没有原型参照，一切都是在游戏般的探索中生成，都源自潜意识。有一天，我几乎是在毫无意识的情况下，终于完成了一幅画像，这幅画作比以往的任何一幅都要更为强烈地表达出了我的情感。这不是那个女孩的脸，其实不管我再画多久都不会是。它是不一样的、不真实的存在，但也不无价值。与其说这是个女孩子的脸庞，它看起来更像是一个少年的头像。头发不像我心仪的美丽姑娘那般浅黄，而是棕红色调。下巴挺拔有力，嘴唇红润，整张脸略显僵硬虚假，却令人印象深刻，充满神秘的气息。

坐在完成的画作前，我的心中萌生出一种奇特的感觉。它像是一幅神像，或是神圣的面具，似男似女，看不出年龄，意志坚强而又如梦似幻，呆滞僵硬而又栩栩如生。它在向我倾诉，它属于我，它在召唤我。它也许与某个人相似，但我不知道那是谁。

一段时间以来，这幅画像一直充斥着我的脑海，占据着我的生活。我把它藏在抽屉里，这样没有人能找到它，没有人能嘲笑我。但只要独自一人待在房间里时，我便会把它取出来，与它交流。晚上，我用别针把它别在床上方的墙纸上，注视着它，直到入睡。早上醒来时，它也最先映入我的眼帘。

也正是在那个时候，我又开始经常做梦，就像小时候那样。我好像已经很多年没有做过梦了。如今它们又重现了，一幅幅新鲜的画面，我的那幅画像也越来越频繁地在我的梦中出现。在梦里，它有了生命，能说会道，或与我交好，或与我为敌，有时甚至还会做鬼脸，有时它又貌若天仙，和谐而尊贵。

一天早晨，从这样的梦境中醒来后，我突然认出了它。它似乎十分熟识地望着我，呼唤着我的名字。它好像非常了解我，就像母亲那样，每时每刻都在关注着我。我激动地注视着这幅画，那浓密的棕色头发，半女性化的嘴唇，散发着奇异光辉的挺立额头（图画干了以后，自然生成的光晕）。在我的内心当中，我感觉自己越来越接近那个领悟，那个发现，那个认知。

我从床上跳了起来，站在这幅画的前面，近距离观察它，刚好面对着那双圆睁、僵直的绿眼睛，右眼比左眼画得稍高些。这个时候，右边的眼睛忽然轻轻地眨了一下，但我看得很清楚，正是这一瞬的眨眼让我认出了画像中的人……

我怎么会这么久才发现！这是德米安的脸。

后来，我也经常拿这幅画与我记忆中德米安真实的相貌做对比。两者虽然十分相像，但还是不尽相同。可是，这就是德米安。

一个初夏的夜晚，泛红的夕阳穿过西边的窗户，斜照进房间。房间里逐渐暗下来了。我突发奇想，把贝雅特丽齐的画像，或者说是德米安的，用别针别在窗框上，看着夕阳穿过画像照射进来。整张脸渐渐模糊，不显轮廓，然而泛红的眼眶、额前的光亮、深红的嘴唇却在画板上熊熊灼烧起来。我一直端坐在它的前面，直到天色完全暗了下来。渐渐地，我产生了这样一种感觉：画上的人既不是贝雅特丽齐，也不是德米安，而是——我自己。它并不像我——肯定不像，但我感觉它构成了我的生活，是我的内在、我的命运，或者说是我的心魔。我交往的朋友、我的爱人，应该都是画中的模样。我的生死也将如此，这就是我命运之歌的音调与旋律。

那几周我正在读一本书，这本书给我留下的印象比我之前读过的任何一本书都更为深刻。后来我读到的书很少能给我留下这种体验，能与之相较的可能也只有尼采了。那是一本诺瓦利斯文集，内含一些书信和格言，虽然看不太懂，但我不知为何被它深深吸引，并感到震撼。此时此刻，我突然想起其中的一句格言。我拿钢笔把它写在了画像的下面："命运和气质是同一个概念的两个名称。"这一刻我才读懂了这句话的含义。

我还常常会遇见那位被我称作贝雅特丽齐的女孩。现在的我，内心波澜不惊，但依旧能感受到一种温柔的契合，一种感性的预知：你我二人紧密相连，但那不是你本人，而只是你的意象，你是我命运的一部分。

我对马克斯·德米安的思念越发强烈。几年来，他一直都杳无音信。我只在假期见过他一次。我发现，在自己的日记中没有任何关于这次偶遇的只言片语。我明白，那完全是出于羞耻和自负。而现在，我不得不努力在脑海中搜寻当时的记忆。

放假期间，有一次我在家乡闲逛。那正是我经常出入酒馆的那段时间，所以我的脸上写满了骄傲自大而又略显疲倦。我走在路上，手中挥舞着手杖，眼睛注视着那些苍老、低贱又千篇一律的市侩面孔。这时，我的老朋友迎面走来。我看到他，当即就浑身一颤。瞬间我就想到了弗朗茨·克罗默。但愿德米安是真的已经忘记了这个故事！面对他，我总有一种歉疚感，这让我觉得很不舒服。其实那只不过是个童年时期愚蠢的小故事，但正因为如此，我的内心才更产生了这种歉疚感……

他似乎在等着我跟他打招呼。见我并无此意，于是他主动朝我伸出了手。又一次与他握手！如此强劲有力，温暖却又冰冷，充满阳刚之气！

他仔细地端详着我的脸，然后说道："你长高了，辛克莱。"我觉得他倒没有什么变化，亦老成亦年轻，一如从前。

他与我结伴同行。我们一同散步，聊着一些不咸不淡的话题，对那件往事却避而不谈。我突然间想起来，自己曾多次给他写信，却没有收到任何回复。唉，他最好把这件事也一并忘掉，那些愚蠢透顶的信！对此他也只字未提。

那时我还未曾与贝雅特丽齐相遇，没有那幅画像，我还过着浑浑噩噩的日子。快走到城里时，我邀请他一同去喝酒。他同意了。我故作豪气地点了一瓶酒，把杯子斟满后，和他碰了一下杯，然后做出一副熟谙酒场的大学生模样，把第一杯酒一饮而尽。

"你经常来酒馆？"他问我。

"算是吧，"我慵懒地说，"不然还能做什么？到头来，你会发现，这里才是最有趣的。"

"你这么认为吗？也许是吧。这里面有些东西是很迷人——心醉神迷，酒神巴克科斯式的体验。可是，在我看来，经常来酒馆的那些人大都已经失去了这种乐趣。我觉得，留恋泡在酒馆里的生活恰恰是最庸俗的行为。是啊，彻夜狂欢，烛光辉映，喝到醉生梦死，踉踉跄跄。但是，如果终日如此，一杯接着一杯，难道这就是你眼里的生活真谛吗？你想象一下，如果浮士德[1]没日没夜地光顾酒馆，喝到烂醉如泥，那将是一番什么样的情景？"

我一边喝着酒，一边满怀仇视地盯着他。

"是啊，但正因为如此，所以并不是每个人都会成为浮士德。"我应付道。

他有些惊愕地看着我。

紧接着他笑了，笑声一如既往地爽朗而又饱含优越感。

"好吧，没必要为这种事而争吵。酒鬼和浪子的生活一定比寻

---

1 《浮士德》是德国作家歌德创作的一部诗剧。剧中的主人公浮士德自强不息、追求真理，经历了书斋生活、爱情生活、政治生活、追求古典美和建功立业五个阶段。不断追求、勇于实践和自我否定是浮士德的主要性格特征，这使他免遭沉沦的厄运，实现了人生的价值和理想。

常百姓的丰富多了。而且——我曾读到过——放浪的人生正是成为一个神秘主义者的最好准备。像圣·奥古斯丁，他早先是地道的享乐主义者，一个花花公子，后来却成了先知。确实有不少他这样的人。"

我不信任他，所以，心里想着的是绝对不能受他摆布。于是，我摆出一副自命不凡的面孔回应道："是啊，每个人的喜好不同嘛！其实，我也并没有要成为先知之类的想法。"

德米安微微眯缝着眼睛，目光却像一道闪电一样射向了我，似乎早已洞察一切。

"亲爱的辛克莱，"他慢悠悠地说道，"我并不是故意要聊这些让你不愉快的事情。顺便说一下，我们都不清楚，你现在究竟为什么要酗酒。在你的灵魂深处，构成你生命的东西应该知道。弄清楚这一点就好了：我们的内心有样东西，它全知全能，每件事都比我们自己做得更好。很抱歉，我该回家了。"

我们匆匆道了别。我闷闷不乐地坐在那里，喝光了那瓶酒。准备离开时，我发现德米安已经提前结了账。这让我感到更加恼火了。

这件小事再一次占据了我整个的思想，我满脑子都是德米安。他在市郊酒馆里对我说的话，一遍遍地在我的脑海里回响，始终清晰、难忘。——"弄清楚这一点就好了：我们的内心有样东西，它全知全能！"

我看着挂在窗户上的画像，画上的颜色已经褪减，然而那双眼睛却依然目光炯炯。这是德米安的目光，或者是我内心深处那个全知物体的目光。

我非常想念德米安！我对他一无所知，对我而言，他总是那么遥不可及。我只知道，他现在可能是在哪里读大学，高中毕业之后，他的母亲便搬离了我们这个城市。

我在脑海中搜寻着所有关于马克斯·德米安的记忆，一直追溯到我与克罗默之间的那段往事。我的耳畔响起了他当时曾对我说过的话语，这些话在今天仍有意义，历久弥新，对我来说振聋发聩！在我们最后一次不甚愉快的碰面中，德米安发表了一通关于浪子和圣人的言论。现在，这些话也突然在我的灵魂面前闪耀。我的经历不正是如此吗？我不正是一直身陷酒精与污秽之中，沉沦而又迷茫，直到我的人生突然有了新的动力？那是一种截然相反的力量，那是对纯净的向往、对神圣的追求。

我继续追忆着往事，天色早已暗了下来，外面还下着雨。我的记忆里也有雨声滴答，那是在栗子树下，德米安正在向我追问克罗默的事，那是我第一次向他吐露秘密的时刻。一段段回忆接踵而至，放学路上的谈话，还有坚信礼课程。最后，我想起了自己与马克斯·德米安的初次相遇。当时是怎样的一个情景呢？我一时间竟然没有想起来，但是我可以慢慢回想，我将自己的身心完全沉浸其中。我终于想起来了，还有后来的场景：他给我讲述了该隐的故事，然后我们站在我家的门前，聊起了大门上方那枚古老、斑驳的徽章，徽章位于下窄上宽的拱顶石上。他说，他对它很感兴趣。我们应该对这种东西多加关注。

当晚，我在梦里见到了德米安和那枚徽章。徽章的样子一直在不断变化，德米安把它拿在手里，它有时小巧，颜色灰白，有时巨大无比，缤纷多彩。但德米安告诉我，那自始至终都是同一枚徽章。最后，德米安竟强迫我吞下了那枚徽章。把它咽下去之后，我感到无比恐惧，那枚小鸟徽章竟在我体内复活了，它填满了我的身体，在我的体内吞噬着我。我胆战心惊地爬了起来，顿时清醒。

醒来的时候正是半夜时分，我听到雨水飘进屋子里的声音。我起身去关窗户，脚下却不小心踢到了地上亮亮的什么东西。早上我才知道，那是我的画。它湿漉漉地躺在地上，纸面上鼓起一个个浸水的小包。我把画摊开，上下垫好吸水纸，然后把它夹在一本厚书中间晾干。第二天我再去看时，它已经干了，但是已然变了模样，火红的嘴唇褪了颜色，变得单薄，完全就是德米安嘴巴的模样。

我着手绘制一幅新画——那枚小鸟徽章。我已记不太清楚徽章原本的样子。据我所知，一些特征就算离近了观察也看不太清楚，因为它的年代太久远了，而且被多次重新涂漆上色。那只鸟儿站在或是卧在什么上面，也许是朵花，也可能是个篮子或鸟巢，或者是个树冠。我先不管这些，而是从我记得最清楚的地方入手。一种莫可名状的动力驱使我一上手便使用了亮丽的色彩，我把鸟儿的头部涂成了金黄色。我随心所欲地画了下去，这幅画作没几天就完成了。

我画的是一只猛禽，有着雀鹰尖锐、锋利、凶猛、棱角分明的脑袋。它的半个身体蜷缩在一个深色的球体里，仿佛是要从巨卵中孵化出来，底色是天蓝色。我久久地注视着这幅画，心里越发觉得，它就是在我梦中出现的那枚彩色徽章。

给德米安写信，这对我来说是不太可能的，虽然现在我知道要把信寄往哪里。那段时间我做什么事情都有些漫不经心，正是在这种意念的驱使下，我决定把这幅雀鹰图画寄给他，不管他能否收到。我没有在那上面留下任何字，包括我的名字。我只是小心翼翼地裁剪了边缘，买了一个很大的纸信封，写下我那位朋友以前的地址，然后便把它寄了出去。

考试临近，我不得不比平时更加努力地忙于学业。自从我突然痛改前非之后，老师们怀着仁慈之心重新接纳了我。现在的我自然算不上是好学生，但是不管是我还是其他人，任何人都无法想象，半年前的我还处于被学校开除的边缘。

父亲在来信中的口吻也恢复以往，不再对我苛责、威胁。但是，我没有那个心境去向他或是别人解释，我究竟是如何发生了转变。这种转变恰好与父母、老师的期望相吻合，这纯粹是偶然；这种转变并没有拉近我和其他人的距离，我还是不愿意接近任何人，而是变得更加孤独；这种转变漫无目的，它的前方可能是德米安，也可能是遥远的命运。我自己也说不清楚，我正身处其中。它始于贝雅特丽齐，但是长期以来，我同自己的画作以及对德米安的思考一起生活在一个虚幻的世界里，她已经从我的视野和脑海里彻底消失。我无法向任何人倾诉自己的梦境、期望乃至内心的波动，即使我想要倾吐内心，也找不到对象。

何况我怎么可能会有这种想法呢？

第五章　奋力破壳而出的鸟儿

Demian Die Geschichte von Emil Sinclairs Jugend

我画的那只梦中之鸟已经启程，去追寻我的朋友。而我则是以一种出人意料的方式得到了回应。

　　有一次，在课间休息结束后，我回到了教室里自己的座位上。这时，我发现自己的书中夹着一张纸条。纸条是折起来的，看起来并没有什么特别，就像同学们平时课上偷偷相互传递的纸条一样。我只是好奇谁给我留了这样一张纸条，因为我没有和哪个同学这样交流过。我想，这可能只是某个同学的恶作剧而已，但我不打算参与其中，所以我没有去读那张纸条，而是把它夹在了我的书里面。直到上课后，那张纸条才又偶然落到了我的手中。

　　我把玩着那张纸条，心不在焉地打开了它，发现那上面写着几句话。我瞥了一眼，目光最终停留在一句话上。看到这句话时，我大吃一惊，立即接着读了下去，在命运面前，我的那颗心如入极寒之地，紧紧缩成一团：

"鸟儿奋力破壳而出，蛋就是世界。若要出生，就必须打破世界。鸟儿飞向神灵，神灵的名字叫作阿布拉克萨斯[1]。"

把这几句话反反复复地读了几遍之后，我陷入了沉思。毋庸置疑，这就是德米安的回应，因为除了我和他，没有人可能知道那只鸟儿，他收到了我的画。他看懂了这幅画，并且在向我阐明它的含义。但是所有这一切到底是怎么联系到一起的？而且，首先让我感到困扰的问题是：阿布拉克萨斯是谁？我从来没听过或读到过这个词。"神的名字叫作阿布拉克萨斯！"

这节课就这样结束了，我在课堂上什么都没有听进去。下一堂课开始了，这是上午的最后一堂课。一位十分年轻的助理老师给我

---

1 Abraxas，波斯神话中的怪物，是介于毒蛇与双头龙之间、长着公鸡头的怪兽。据说他有着令人厌恶的脾气。在诺斯替教派中，他是信仰的统治者之一，是大地间所有生物与神灵之间的中介者，通常叙述他是个带有公鸡头的天使。而诺斯替教是基督教异端派别。

们上这堂课，他刚从大学毕业，我们很喜欢他，因为他十分年轻，也从不在我们面前装腔作势。

在佛伦斯博士的带领下，我们开始读希罗多德[1]。这门课是为数不多的让我感兴趣的几门课程之一。但在这次课上，我却有些心不在焉。我机械地打开书，但没有跟随老师的讲解，而是陷入自己的心绪中。除此之外，根据我长期以来的经验来看，德米安当时在坚信礼课上给我说的话确实是至理名言。如果人们的意愿足够强烈，那么他就会成功。当我在课堂上非常专注于自己的心事时，我就完全不用担心老师会来打扰我。但如果我心不在焉，或者感到困倦，那么老师马上就会出现在我面前。这种事情我已经遭遇多次了。但如果我是心无旁骛地在思考，真的陷入了沉思，那时候就不会受到干扰。我也曾经尝试过用坚定的目光去试探别人，屡屡奏效。德米

---

1 希罗多德（Herodotos，约前484—约前425），古希腊作家、历史学家，他把旅行中的所见所闻，以及第一波斯帝国的历史记录下来，著成《历史》一书，成为西方文学史上第一部完整流传下来的散文作品，希罗多德也因此被尊称为"历史之父"。

安在的时候我用过这个方法，但没有成功。我现在时常感到，目光和思想有着巨大的魔力。

我现在就这样端坐着，心思既不在希罗多德的作品上，也不在学习上。突然，老师的声音如闪电一般击中了我的意识，我心中不免一惊，顿时回过神来。我听到了他的声音，他就站在我的身旁，我以为他刚刚喊了我的名字。但是他没有在看我。我松了口气。

这时，老师的声音再次在我耳边响起。这个洪亮的声音念出了这个单词："阿布拉克萨斯。"

老师正在解释着这个单词，我错过了开头的部分，佛伦斯博士继续讲道："从理性主义的视角来看，那些教派的观点和古希腊、罗马时期的神秘主义结社似乎是幼稚的，但我们不能简单地做出这种论断。我们所谓的科学根本不了解那个时代。当时，已经有人对哲学神秘主义的真理进行研究，而且达到了非常高超的水准。从其中的部分研究当中诞生出魔术和用来行骗、害人的鬼把戏。但魔术其实也有着高贵的起源和深刻的思想。阿布拉克萨斯的教义也是如此，之前，我也已经举过例子了。人们把这个名字和古希腊的一种魔法咒语联系起来，更多的是把它看作一个魔神的名字，正如今天还有一些原始的民族依然秉持着这种信仰。但是阿布拉克萨斯似乎还有更多的含义。我们可以把这个名字想象成一位神灵的名字，这样它就具有了象征意义，神性和魔性得以兼具。"

这位身材矮小、学识渊博的男人讲得精彩绝伦、热情洋溢，但并没人在真正专心听讲。因为再也没有提到那个名字，所以不久之后我的注意力也开始分散，重新回到了自己所思考的问题。

"神性和魔性得以兼具"，这句话一直在我耳畔回响。这一点我颇为认同。在我和德米安交好的最后那段时光里，我们经常聊到这个话题。对此，我记忆犹新。那个时候，他是这样说的：如果我们崇敬某位神灵，但是那位神灵刻意只把分离的一半世界（那个正式的、许可的"光明"世界）展现给我们，但我们必须学会崇敬完整的世界，也就是说，我们必须要崇敬一位亦正亦邪的神，或者说，除了侍奉神灵之外，我们还得侍奉魔鬼——现在可以说，阿布拉克萨斯就是那个神，那个亦正亦邪的神。

在很长一段时间里，我都以无比的热情继续追寻着那个足迹，但是没有取得任何进展。我也翻遍了整个图书馆，寻找阿布拉克萨斯的相关资料，但也是一无所获。但我的心性从未打算目标明确、执着无比地去寻找什么，因为如果我们这样做，最终发现的真理常常只会令我们徒增烦恼。

贝雅特丽齐的形象，那个一直以来都让我魂牵梦萦的形象，逐渐在我心中沉寂。或者说，她缓缓离我而去，渐渐接近地平线，越来越缥缈，越来越遥远，越来越模糊。她再也不能使我的心灵得到满足。

我像是一个梦游者，在自己的心中精心创造了一个空间，在那里开始萌生出一种新的追求。对生活的渴望之火在我的体内熊熊燃烧。更确切地说，我曾经一度将对爱情的渴望、性的冲动转化成了我对贝雅特丽齐的爱慕，而现在，这种渴望需要有新的图景和目标。我的渴望一直未能得到满足。去欺骗我的渴望，或者像我的那些男同胞那样期待在女孩子们的身上碰碰运气，对我来说，这比以往任何时候都更加难以实现。我又开始频繁地做梦，虽然大多在白天而非夜晚。我的想象、图景或者愿望在我的眼前浮现，把我从外部世界抽离，以至于我与心中的这些图景、这些梦想或者阴影的交流更为真实、更为活跃，远胜于我与现实环境的交流。

有一个特定的梦，或者说是一个反复重现的幻景游戏，对我来说意义非凡。这个我生命中最重要、最持久的梦境大致是这样的：我回到父亲的家中——在大门的上方，那个鸟形徽章在蓝色的背景下正闪烁着金色的光芒——屋内，我的母亲正朝我走来，但当我走进去想拥抱她的时候，却发现那不是我的母亲，而是我从未见到过的一副面孔，高大威武，既像德米安，又像我画的那幅图画，但又不太一样，尽管十分威武，却是一副十足的女性面孔。这个人把我拽到了她的身旁，然后给了我一个恋人式的拥抱，我们缠绵在一起，情深意切而又令人战栗。幸福和恐惧的感觉交杂，这个拥抱是一个神圣的仪式，同时也是一种罪行。我有很多关于母亲和我的朋友德米安的回忆，都幻化在梦中拥抱我的这个人身上。她的拥抱有违伦常却又神圣无比。我常常怀着巨大的幸福感从梦中醒来，也经常感到深深的恐惧，良心备受折磨，就好像自己犯下了滔天大罪。

在寻找这位神灵的过程中，我不知不觉地渐渐将内心深处的这个意象与外界对我的暗示联系在了一起。之后，这种联系变得愈加紧密，愈加深沉。我逐渐觉察到，自己正是在这种预知性的梦境中呼唤着阿布拉克萨斯。幸福和恐惧，男性和女性同体交杂，圣洁和丑陋相互交织，深深的罪责在最温柔的纯洁中闪现，我梦想中的爱情图景便是如此，阿布拉克萨斯亦是如此。爱情不再是阴暗的兽欲，如同我最初惧怕的那般；爱情也不再是超然物外的虔诚爱慕，就像我在贝雅特丽齐的画像中体会到的那样。它是两者兼具，两者甚至多者糅杂。它一面是天使，一面是魔鬼，男人和女人、人性和兽性、至高的善和极大的恶融为一体。在我看来，去体验这种生活似乎是一种必然，去品味这一切就是我的命运。我对它充满渴望，又心怀恐惧，我梦想得到它，又想逃避它。但它一直存在，一直掌控着我。

按理来说，来年春天，我就应当高中毕业，去读大学。但我还不知道去哪个大学，去学些什么。我的唇边已经长出了一圈小胡子，我已经长大成人了，但是我依然感到茫然无助，也没有任何目标。我唯一能确定的就是：我体内的那个声音，那幅梦中的图景。我感觉，自觉遵循它的指引就是我的使命。但是，对我而言，这并非易事，所以我每天都在同它抗争。

我是不是疯了，也许我和其他人不一样？这样的念头不止一次地出现在我的脑海里。但是其他人能办到的，我也能做到。只需要付出一点点努力，我就能读懂柏拉图的书，就能解决几何问题，或者理解化学分析。只有一件事我还做不到，那就是：挖掘出我内心深处隐匿的目标，把它的图景绘制在我的面前。就像其他人那样，他们清楚地知道，他们将来会成为教授或是法官、医生还是艺术家，会当多久，会有些什么好处。这一点我却无法做到。也许某一天我也会从事那些职业，但我又怎么会知道呢？也许我还得不停地寻寻觅觅，经年累月，最终一无所获、一事无成。也许我也能终有所成，但得到的却是糟糕、危险、可怕的结果。

我想要的无非是遵从自己的内心去生活。为什么竟如此艰难呢？

我常常试图勾画出梦中那位威严的情人形象，但从来没有成功过。如果我真的把它画出来了，我就会把它寄给德米安。可是他又在哪儿呢？我并不知道。我只知道，他与我紧密相连。可是什么时候我才能再见到他呢？

那几周令人惬意的宁静和对贝雅特丽齐魂牵梦绕的日子早已成为过往。那个时候，我仿佛来到了一个小岛上，终于找到了内心的平和。但事情总是这样，几乎没有一种状态能令我满足，就连梦境也已经开始变得枯燥、模糊，无法让我感到幸福。失之交臂而怨天尤人终究是徒劳无益！欲求不足和焦灼的等待让我生活在水深火热之中，常常让我彻底陷入愤怒、癫狂的状态。梦中情人的影像时常浮现在我的眼前，栩栩如生，甚至比我自己的手还要清晰明了。我同它倾心相谈，在它面前痛哭流涕，对它破口大骂。我称它为母亲，跪倒在它的面前，泪流满面；我称它为情人，期待它那成熟、销魂的热吻；我称它为魔鬼和妓女、吸血鬼和杀人犯。它引诱我进入柔情蜜意的情爱梦境，投身放荡淫乱的污秽之地。对它来说，没有什么是美好的、珍贵的，也没有什么是丑恶的、下流的。

那整个冬天，我经历了一场难以描摹的内心风暴。我早已习惯了寂寞，寂寞不再令我内心压抑，我和德米安，和雀鹰，和梦中那个雄伟的幻影一起生活，它是我的命运，它是我的情人。这便足以让我安身立命，因为所有的一切都令人笃生志存高远的宏愿，所有的一切都让人联想到阿布拉克萨斯。但是这些梦境和我的这些想法，没有一个服从我的调遣，没有一个听从我的召唤，没有一个我可以随心所欲地去摆布。它们扑了过来，将我擒获，我被它们所统治，依赖它们生活。

在外界看来，我持重沉稳。我不惧怕任何人，我的同窗伙伴们也意识到了这一点，甚至在私下里对我极为敬佩，这常常让我暗暗发笑。如果我愿意，我能够对他们中的大多数人了如指掌，我的这种伎俩也常常让他们大吃一惊，只是我很少或者从来都不愿意这样做。我总是沉浸在自己的生活当中，不断地审视自我。其实，我的内心充满了渴望。我渴望最终能够轰轰烈烈地活一场，自己能为这个世界做点什么，能与它产生某种联系，能与它抗争。有时候，我会在夜里穿越大街小巷，因为内心焦躁不已，直到夜深才返回家中。有时候，我会幻想，现在，就是现在，我一定可以遇到我的梦中情人，走过下一个街角，她就会从最近的窗口呼唤我。有时候，对我来说，似乎所有的这一切都令我感到无法承受的痛苦，我甚至一度准备结束自己的生命。

那时候，我最终为自己找到了一个奇特的避身之所——就像人们说的那样，经由一次"偶然的机会"。但是世间并不存在这样的偶然。如果一个人迫切需要某样东西，那个东西对他来说是志在必得，那么他得到这样东西就不是出于偶然，而是他自己、他的渴望和他的使命引导他走到了这里。

有那么两三回，在穿越市区的路上，我听见城郊的小教堂里传来了管风琴的声音，但我并没有停下脚步。当我最近一次经过那里的时候，我又听见了那声音。我听出，演奏的是巴赫的曲目。我走上前去，发现大门紧闭。因为那个巷子里几乎没什么人，我就坐在教堂旁边的一个石栏上，裹了裹大衣，凝神静听。管风琴虽然不大，但应该是一架好琴，弹奏得很棒，非常动听，可以算是炉火纯青，但是流露出一股极为独特、不屈不挠的刚强意志。那乐声听起来像是在祈祷。我的内心产生出这样一种感觉：那位演奏者，他知道在这首曲子中蕴藏着宝藏，他在坚持，在追求，为了这个宝藏而不懈努力，就如同为了自己的生命在奋斗。我对音乐所知有限，尤其是在技巧方面。但自从孩提时代开始，我便对这种心灵的表达有一种本能的理解，音乐是我心中一种自然而然的东西。

之后，那位音乐家还弹奏了几首现代一点的曲子，可能是雷

格 [1] 的。整座教堂几乎完全暗了下来，只有一点微弱的光穿过近旁的一扇窗户透了出来。我静静听着，直到乐声终了。然后我在教堂外踱来踱去，直至看到管风琴师走了出来。他还是个年轻人，但比我年长一些，身材矮小而结实。他走得很快，脚下的步伐强健有力，但似乎又有些不太情愿的样子。

从那以后，有时候在傍晚时分，我就会坐在教堂前面，或者在那里徘徊。有一次，我发现大门是敞开的，就走了进去，在排椅上坐了半小时，我的身体冷得瑟瑟发抖，但内心十分高兴。而那位管风琴师就在上面微弱的煤气灯旁演奏。从他演奏的音乐中，我不只是听出了他自己。我还发觉，他演奏的所有东西，都是彼此关联的，都有着一种神秘的联系。他演奏所有的乐曲时，都满怀信仰、全心全意、虔诚无比，但他的虔诚不是那些前来教堂的信徒和牧师表现出来的那种虔诚，而是像中世纪的朝圣者和乞讨者那般虔诚，

1　马克斯·雷格（Max Reger, 1873—1916），德国作曲家、钢琴家、管风琴家。雷格的音乐作品能够将巴洛克和古典的作曲技术与新时代的和声语汇融合在一起。同时受到巴赫和勃拉姆斯的影响，在复调音乐方面做了开拓性的努力，取得很大的成就。

毫无保留地将自己奉献给一种普世情感，而这种情感超越了世间的一切信仰。

巴赫之前的一些音乐大师的作品也被他反复弹奏，其中包括一些古老的意大利曲目。所有的乐曲都在传递相同的内容，所有的乐曲都在诉说乐师灵魂深处的东西：渴望，对世界最诚挚的理解，以及自我同世界最狂野的再度分离，对自己黑暗灵魂的殷切聆听，对美好事物的全心投入和深切好奇。

有一次，当那位管风琴师离开教堂后，我悄悄地跟随在他后面。我远远地看到他朝城郊走去，进了一家小酒馆。我不由自主地跟着他走了进去。在那里，我才第一次清清楚楚地看到了他的模样。他坐在酒馆角落里的一张桌子旁，头上戴着黑色的皮帽，面前放着一杯酒。他的样貌正如我之前料想的那样，面容丑陋，又有些粗犷，表情像是在搜寻什么，流露出一股倔强、顽固与坚毅，与此同时，嘴唇看起来苍白而又有点孩子气。眼睛和额头尽显他的男性气概和刚强气质，而脸庞的下半部分显露出来的却是温柔、稚嫩和不羁，有一点女性化，下巴显得优柔寡断，充满男孩子气，与他的额头和目光截然相反。我很喜欢他那双深褐色的眼睛，写满了骄傲和敌意。

我默默地坐到了他的对面，酒馆里没有其他人。他瞪着我，似乎是想要赶我离开。我端坐在那里，毫不退却地盯着他，直到他恶狠狠地咕哝道："你到底在看什么？你是想找我的碴儿吗？"

"我并无此意，"我回应说，"我已经从您身上获益良多。"

他皱了皱眉头。

"那么，你是一个音乐狂吗？我觉得痴迷音乐实在是令人恶心。"

我并没有被他吓倒。

"我以前经常去听您的演奏，在那个教堂的外面，"我接着说道，"我其实完全没有想纠缠您的意思。我觉得，我可能在您身上发现了一些东西，一些特别的东西。我说不清那究竟是什么。不过，您可以不必理会我，我只要能在教堂里聆听您的演奏就好。"

"可我总是关着门的。"

"上次您忘记关门了，所以我就坐到里面去了。通常，我会站在外面，或者坐在那个石栏上。"

"原来是这样。下一次，你可以进来，里面会暖和一些。你只需敲敲门就好，要用力敲，但不要在我演奏的时候敲。今天就这样吧——你想说什么？你还很年轻，应该是个中学生或者大学生吧。难道你是个音乐家吗？"

"不。我喜欢听音乐，但仅仅是喜欢您演奏的那种乐曲，特定的乐曲，这种乐曲会让人觉得，有一个人在震撼天堂或者地狱。我非常喜欢那种音乐，我觉得，这是因为它是不太遵循道德规范的。而其他的音乐都是恪守道德规范的，所以我在寻找一些不同的东西。我深受道德之苦，我无法充分地表达我自己的想法。——您知道吗？世上一定有这样一位神，他同时既是神灵又是魔鬼。曾经应该有过这样的神，我听说过。"

这位乐者将那顶宽大的帽子往后推了推，宽阔额头前的黑色头发也随之甩了几下。与此同时，他用敏锐的目光打量着我，然后俯身越过桌子，将他的脸向我贴近。

他紧张地低声问我道："你说的那个神叫什么名字？"

"可惜我对他知之甚少，其实只知道名字，他叫阿布拉克萨斯。"

这位乐者似乎有些怀疑地环顾了一下四周，就好像可能有人会偷听我们的谈话一样。然后他挪到更靠近我一些的位置，接着耳语道："我也思考过这个问题，你究竟是什么人？"

"我是一名高中生。"

"你是从哪里知道的阿布拉克萨斯？"

"一次偶然的机会。"

他拍了一下桌子，酒杯里的酒溢出来了一些。

"偶然！年轻人，少放……胡说！你记住，人们可不是出于偶然而知道了阿布拉克萨斯。我可以跟你讲更多关于他的事情。对此，我多少知道一些。"

他沉默了下来，然后将自己的凳子又拖了回去。当我满怀期待地看着他的时候，他做了一个鬼脸。

"这些话不能在这里讲！下次吧。来，接着！"

他边说边把手伸进了身上大衣的口袋里，掏出了几颗烤好的板栗扔给了我。

我没有说话，接过板栗，心满意足地吃了起来。

"那好吧！"过了一会儿，他耳语道，"说说你是怎么知道他的。"

我毫不犹豫地将来龙去脉告诉了他。

"我之前很孤独，很无助。"我讲述道，"那个时候，我突然想起了早年的一个朋友，我觉得他见多识广。我画了一样东西，一只破壳而出的小鸟。我把这幅画送给了他。过了一段时间，令我难以置信的是，我居然收到了一张纸条，上面写着：鸟儿奋力破壳而出，蛋就是世界。若要出生，就必须打破世界。鸟儿飞向神灵，神灵的名字叫作阿布拉克萨斯。"

他没有搭话，我们剥着手中的板栗，拿来下酒。

"我们再来一杯？"他问道。

"谢谢，不用了。我不太喜欢喝酒。"

他笑了笑，看起来有点失望。

"那就不勉强你了！我还挺想喝的。我还要再坐一会儿，你现在要是想走就走吧！"

随后，我又去听了他的管风琴演奏。演奏结束后，我便与他同行。这次，他变得沉默寡言。他带我走进了一条旧巷子，走进一座古老而雄伟的房子，上楼来到了一个年久失修、光线有些昏暗的大房间里，里面除了一架钢琴，再没有什么和音乐有关的物件，而那个大书柜和写字台为整个房间平添了一股书卷气。

"您有好多书啊！"我赞许道。

"其中有一部分是从我父亲的图书馆里拿来的,我住在他那儿。是的,年轻人,我住在父母的家里,但是我不能把他们介绍给你认识,我的行为在这个家里得不到尊重。你知道吗?我是家中的不肖子。我的父亲是一个十分受人尊敬的人,他是这个城市里一个有名的牧师和布道者。至于我嘛,不说你也明白,我就是他那天赋异禀、大有前途的宝贝儿子,但后来却偏离了正道,变得有些疯癫。我原本是读神学的,国考开始前夕,我放弃了那个幼稚的专业。但我其实还一直在研究这个领域,不过只是我个人的研究。人们从想象中创造出了一些什么样的神,对我来说,这依然是首要的问题,也是最让我感兴趣的问题。此外,我现在还是个乐师,照眼下的情形看,不久之后,我会得到一个小小的管风琴师的职位。这样一来,我也还算是在为教会工作吧。"

我沿着书脊浏览,发现有希腊文、拉丁文、希伯来文的书名,在小台灯微弱的灯光下我只能看到这么多了。这会儿,在昏暗的光线下,我的朋友靠着墙边躺到了地上,然后在那里捣鼓起了什么。

"你过来一下,"过了一会儿,他对我喊道,"现在让我们做一点哲学练习吧，也就是闭上嘴巴，趴在地上思考。"

他划燃了一根火柴，点着了他面前壁炉里的纸片和木柴。火苗蹿了起来，他拨弄了几下，又小心翼翼地添了点柴火。我趴在他旁边的破地毯上。他盯着火苗，那火苗也吸引着我，我们一言不发地趴在跳动的火焰前，可能有一小时，看着火焰熊熊燃烧、噼噼作响，火势减弱、收敛，忽明忽暗、逐渐暗淡，最终化为地上的一堆平静、沉寂的灰烬。

"火崇拜还算不得人类最愚蠢的发明。"他突然嘟囔了一句。除此之外，我们两个人始终一言未发。我目光呆滞地盯着那堆火，全身心陷入了梦幻与宁静，我仿佛看见烟雾中人影憧憧、灰烬中幻象迭生。我忽然吓了一跳，因为我的同伴把一块树脂扔进了炙热的火堆里，一道细小的火焰倏然腾起。那道火焰在我眼中化作了那只长着黄色雀鹰脑袋的小鸟。在逐渐熄灭的炉火中，那些金黄、炽热的线汇织成网，仿佛有字母和图画显现，让人联想到面孔，联想到动物，联想到植物，联想到虫子和蛇。当我回过神来望向旁边的那位时，他正凝视着火焰，下巴抵在两个拳头上，表情忘我而狂热。

"我得走了。"我轻声说。

"嗯，那你走吧，再见！"

他没有起身。因为那盏灯已经熄灭了，我不得不费力地穿过昏暗的房间、幽暗的过道和楼梯，从那幢仿佛被施了魔法的老房子里摸索着出来。我在街上停下了脚步，抬头仰望着那幢老房子。所有的窗户没有一丝灯光。在煤气路灯的照耀下，门前的一个黄铜牌匾在闪闪发光。

"皮斯托留斯，首席牧师。"我在那块牌子上看到了这些字。

直到回到家中，我吃过晚饭后独自坐在自己的小房间时，我才想起来，我既没有获得任何关于阿布拉萨斯的信息，也没有得知任何与皮斯托留斯有关的事，我们之间的谈话几乎没有超过十句。但是，这次对他的拜访令我非常满意。他答应我，下次会为我弹奏一段精彩的古老管风琴乐曲———一段布克斯特胡德[1]的帕

1　迪特里克·布克斯特胡德（Dieterich Buxtehude, 1637—1707），巴洛克时期丹麦裔德国作曲家及风琴手。

萨卡里亚舞曲[1]。

在我毫无察觉的情况下，在他的那个阴暗的隐居室里，当我和他匍匐在壁炉前的地板上时，管风琴师皮斯托留斯就已经给我上了一课。那次凝视火焰的经历对我颇有启发，它加强和验证了我长久以来的偏好，但我之前其实从来都没有养成这样的习惯。渐渐地，我才开始有了一点领悟。

早在孩提时代，我有时就喜欢关注自然界中异乎寻常的奇妙现象，不是去观察，而是全身心地投身它们自身的魔法中，它们杂乱无章、深奥无比的语言中。早已木质化[2]的树根，岩石上彩色的纹路，浮在水面的油斑，玻璃上的裂缝——所有这些类似的事物，都深深地吸引了那个时候的我，比如水和火、烟雾、云彩、灰尘。尤

1　帕萨卡里亚是一种三拍子的慢板舞曲，大多用低沉的小调写成，以4—8小节的固定低音为基础写成的短曲，围绕着主题而进行连续变奏。帕萨卡里亚有这样的特点，是因为它是一种在16世纪末起源于西班牙的民间舞蹈，由于最初吉他在音乐中的贡献，所以帕萨卡里亚保留了这种低音变奏的特点，从而发展成为在固定低音旋律之上进行变奏的分段结构的变奏曲。

2　所谓木质化，就是细胞壁由于细胞产生的木质素的沉积而变得坚硬牢固。

其特别的是，当我闭上眼睛时所看到的那些旋转的光斑。在我初次拜访了皮斯托留斯之后的那几天里，我开始再次回想起这些事情。因为我察觉到，自从那时起，我感受到了某种升华和喜悦，我的自我情感也得以提升，而这一切都完全归功于那次久久凝视火焰的经历。这样的体验竟能让人获得如此奇特的愉悦感和充实感！

迄今为止，在我寻找自己生活目标的道路上，这样的体验寥寥可数。现在，在以往积累的基础上，我又增添了一样新的体验：审视这类意象。沉迷于大自然中非理性的、杂乱的、奇特的各类形态，这会使我们心中产生一种和谐之感，我们的内心与促使这些意象产生的意志相互共鸣——我们很快就会感受到那种引诱，把它视为我们自己的心情，我们自己的创造——我们会发现，我们和自然分离的界限开始动摇、消逝。我们会产生这样的情绪：我们搞不清楚，出现在我们视网膜上的图影到底是源自外在还是内在的印象。在这个练习中，我们会发现，我们是多么神奇的造物，我们的灵魂一直是这世界永恒创造的一部分。这其实是再简单不过的道理。更确切地说，它是一种不可分割的神性，这种神性在我们的内心和自然界中运行不息。当外部世界崩塌，我们之中的某个人就能够将世界重建。因为山川和洪流、树木和枝叶、根茎和花朵，所有这些大自然的造物早已在我们心中形成，诞生于本质永恒的灵魂，它们的本质我们无法认清，却常常表现为生命力和创造力而被我们感知。

几年之后，我才在一本书中证实了我的这种观察，确切地说，是经由莱昂纳多·达·芬奇之口。他曾说过，观察一堵被人吐满唾沫的围墙是件多么美好、多么令人兴奋的事情。面对着潮湿的墙上的那些污渍，他的感受与皮斯托留斯和我在火焰前的感受如出一辙。

当我们再次会面时，那位管风琴师给我做了一番解释。

"我们总是把自己的个性界定得过于狭隘！我们只是把那些个体的区别、异类的认知视作我们的人格。但是我们的存在源自整个世界的存续，我们中的每个人都是如此。就像我们的体内都携带着世界发展的谱系，可以追溯回鱼类，甚至追溯到更久远的时候。因此，在我们的灵魂之中也都携带着人类灵魂曾经经历的一切，所有存在过的神灵和魔鬼，希腊的、中国的或是祖鲁人的，他们也都存在于我们的心中，作为潜在的可能性、愿望、出路而与我们同在。

即使人类濒临灭绝，只剩下唯一一个多少有些天赋的孩子，即使这个孩子没有受过任何教育，他也会重新找到万物运行的轨道。世间会出现神灵、妖魔、天堂、戒律和禁忌、新约和旧约，所有的这一切都会被重新创造出来。"

"嗯，好吧，"我反驳道，"但这样一来，个体的价值又在哪里呢？如果我们在自己的体内已经拥有了一切，那为什么我们还要有所追求呢？"

"住嘴！"皮斯托留斯声嘶力竭地吼道，"你是否拥有这个世界是一回事，你是否知道这一点是另外一回事，这两者有着天壤之别！一个疯子可以提出让人们想到柏拉图的思想，一个摩拉维亚兄弟会 [1] 的虔诚的小学生可以对神话之间的深刻关联性进行创造性

---

1 摩拉维亚兄弟会，亦译作亨胡特兄弟会，是一个西方基督教新教教派，起源于波希米亚（今捷克），正式名称为弟兄合一会（Unitas Fratrum），有时也称其为波希米亚兄弟会。

的思考，在诺斯替教派[1]信徒或者琐罗亚斯德教[2]信徒的脑海中也会出现这样的想法。但这个小学生对此一无所知。只要他不知道这一点，那么他就和一棵树或是一块石头没什么两样，顶多不过是一只动物而已。但是当这种知识的火花第一次闪耀时，他就成了人。你难道会把所有走在街上的两腿动物都称之为人，仅仅是因为他们能够直立行走或者生儿育女？你看啊，他们中有多少是鱼或者绵羊，虫子或者刺猬，多少是蚂蚁，多少是蜜蜂！现在，他们中的每个都有机会成为人，但是首先他必须能够预知到这种机会，甚至学会有意识地主动创造这种机会，这样一来，这些机会才属于他。"

我们大致就是以这种方式交谈的。这种交谈很少能给我带来前所未有、震撼人心的非凡体验。但是，所有的这一切，即使是那些最平庸的东西，都会在我内心相同的地方不停地轻轻敲击，所有的这一切都会助我去成长，帮我脱去皮膜，打破蛋壳。这样的每一次

1　诺斯替教是基督教异端派别。诺斯替教派，亦译"灵智派""神知派"。罗马帝国时期在地中海东部沿岸各地流行的许多神秘主义教派的统称。2—3世纪从古代诺斯替教演变而成。

2　琐罗亚斯德教是伊斯兰教诞生之前西亚最有影响的宗教，古代波斯帝国的国教，曾被伊斯兰教徒称为"拜火教"。

经历都会让我把头仰得更高一些，变得更加自由，直到我的那只金黄色的小鸟冲破残破的世界之壳，露出它那美丽的脑袋。

我们也经常向彼此讲述自己的梦境。而皮斯托留斯非常善于解析这些梦境。其中有一个非常精彩的例子至今让我记忆犹新。我做了这样一个梦：在梦里，我可以飞翔，但我似乎是被一股巨大的力量甩向空中，这让我失去了控制。飞翔的感觉着实美妙，但不久之后，这种感觉就变成了恐惧，在险象环生的高空，我无能为力地看着自己被撕裂。就在这个时候，我突然发现了解救之道，我可以通过呼吸来控制自己的上升和下降。

对于这个梦，皮斯托留斯是这样解释的："那个推动你飞翔的力量，是我们人类的伟大天赋，这项天赋每个人都具备。它是一种同所有力量的源泉产生关联的感觉，但不久之后人们也会随之感到恐惧！这真是凶险无比啊！因此大多数人都放弃了飞行，更喜欢遵章守法地在人行道上行走。但是你不会这样选择。你会继续飞翔，正如一个精明能干的小伙子应有的样子。你等着瞧吧，这是一件多么奇妙的事情，慢慢地你就可以掌控那股力量，那股卷走你的力量会变成一股巨大无比、无所不能的力量，随之出现的还有一股精细、微小的自我力量，一个器官，一个方向舵！这真是妙不可言。没有它们的控制，人们就会无缘无故地爆发，比如那些疯子的行为就是如此。他们比那些走在人行道上的人有着更为深入的认知，但他们没有用来掌控它们的钥匙和方向舵，所以他们只会呼啸着跌落到无底深渊。但是，你，辛克莱，你却做到了！说说你是怎么做到的。你难道真的是毫无察觉吗？你凭借的是一个新的器官，一个新的呼吸调整器。这时，你会发现，你的心灵深处的'个性'是多么稀有的存在。因为并不是你的心灵发明了这个调整器。它并非新的创造！它是一个借与物，它已经存在了数千年。它是鱼的平衡器官——鱼鳔。事实上，今天还有一些极为罕见的古老鱼类，鱼鳔也是它们的肺，也可以很好地用来呼吸。你在梦里把肺用作飞行鳔，道理如出一辙。"

他甚至给我带来了一卷动物学的书，给我展示那些古老鱼类的名字和插图。怀着一颗奇特的敬畏之心，我感觉到，一种来自演化早期阶段的功能正在我的体内蠢蠢欲动。

第六章　雅各布的摔角 [1]

Demian　Die Geschichte von Emil Sinclairs Jugend

1 出自圣经故事"雅各布的摔角"。为了渡河,雅各布在黑暗中与天使展开了
搏斗,双方在激烈的格斗中,分不出胜负。直到东方露出曙光,两人仍纠缠
在一起。天亮后,天使要离开时,雅各布说:"你不给我祝福,我就不容你
去。"那人说:"你名叫什么?",他说:"我名叫雅各布。"那人说:"你的名
不要再叫雅各布,要叫以色列(Israel,意思是与神较力的取胜者),因为你
与上帝与人较力,都得了胜。"

从那位特别的音乐家皮斯托留斯那里，我获知了许多关于阿布拉克萨斯的事情，但实在是难以一言蔽之。最重要的是，我在他那里学到的东西，使我在发现自我的路上又迈进了一步。我当时十八岁左右，是一个有点与众不同的年轻人，在很多事情上都有些早熟，但在另外一些事情上我又很迟钝，也很无助。我反反复复地不断把自己同他人进行比较。在这个过程中，我时常会自鸣得意、不可一世，但同时也经常会垂头丧气、备受打击。我经常把自己视为天才，又经常认为自己几近癫狂。同龄人的快乐和生活不属于我，指责和忧虑也常常令我心力交瘁，似乎我已经被他们彻底摒弃，好像生活之门已经对我关闭。

皮斯托留斯，他自己就是一个成熟的怪胎。他教会我如何保持勇气和自尊，他总能在我的话语、我的梦境、我的想象和思想中发现其中的可贵之处，他一直严肃地对待它们，认真地与我展开讨论，通过这种方式，他给我树立了一个良好的榜样。

"你曾经跟我提过，"他说，"你喜爱音乐，因为音乐无关道德。我也是这样的观点。但是你自己也绝不能成为一个卫道士！你不能总将自己和别人比较，当自然将你创造成蝙蝠时，你就不可能变成鸵鸟。有的时候，你会自命不凡，你会因为自己选择了和别人不同的路而自怨自艾。你必须戒掉这些毛病。你看看火，看看云，不久之后你就会有了灵感，你内心的声音就会开始说话，然后你只需把自己交付于它们。你不必一开始就问自己：这样是否可以讨好到老师、父亲大人或者哪位亲爱的神灵，或者是否得到他们的垂青！如果这样瞻前顾后，人就变得堕落，就会坠落凡尘，变成个老古董。亲爱的辛克莱，我们的神叫作阿布拉克萨斯，他是神明也是魔鬼。在他的体内，有光明也有黑暗的世界。阿布拉克萨斯不会对任何人的思想或者梦境提出疑问。你永远不要忘记这一点。但如果你的行为变得无可指摘、司空见惯，他就会离开你，去寻找一个新的容器来孕育他的思想。"

在我所有的梦境当中，那个黑暗的爱情之梦最为持续。我一次又一次地做着这个梦，我迈进我们的老房子，头顶是那枚小鸟徽章。我想去拥抱我的母亲，然而抱住的却是那个半男半女的高大女人，我对她心怀恐惧，但又无比向往。我永远不会向皮斯托留斯讲述这个梦境。我把其他的一切都向他倾诉，但我没有提到它。它是我的栖息地，我的秘密，我的庇护所。

在内心压抑时，我就会请求皮斯托留斯给我演奏老布克斯特胡德的帕萨卡里亚舞曲。我坐在暮色沉沉的教堂里，陶醉在这首奇特、真挚、寻求自我、聆听自我的乐曲里，这首乐曲总能让我感到无比舒畅，让我更加快乐，让我认同内心的声音。

在管风琴声沉寂下来之后，偶尔我们还会再逗留片刻，坐在教堂里，看着微光穿过高高的尖顶式窗户，直至渐渐消逝。

"这听起来很奇怪，"皮斯托留斯说道，"我曾经是学神学的，还差点做了牧师。但我当时只是犯了一个形式上的错误。做牧师是我的职业，也是我的目的。只不过，在知道阿布拉克萨斯之前，我很早就心满意足，虔诚信奉耶和华。啊，每种宗教都是美好的。宗教即是心灵，不管人们是吃基督教的晚餐还是去麦加朝圣，大家都是一样的。"

"其实你本来是可以成为牧师的。"我说道。

"不，辛克莱，不。那样我就不得不满口谎言了。我们的宗教如此运作，就好像不是宗教一样。它运作起来就好像是一间理智工厂。迫不得已的话，我可以信天主教，但是新教的牧师——不！那些真正的信徒——我认识这样的人——总是恪守文字的记载，我不能跟他们说，耶稣基督对我来说，不是一个人，而是一个英雄，一个神话，一个巨大的投影，在这个投影中，人类会看到自己被画在永恒之墙上。其他的一些人，他们去教堂，为的是去听一句睿智的话，为了履行一项义务，为了什么都不耽误，诸如此类。我应该对这些人说什么呢？让他们皈依宗教，你是这样想的吗？但是我坚决不会这么做。牧师并不想让人皈依宗教，他只想在他的教民中，在和他一样的人中生活，他想要成为情感的载体和表达，我们正是从这种情感中创造出自己的神灵。"

他停顿了一下，然后又继续说道："现在，我们为这个新的信仰选择了阿布拉克萨斯之名，我们的这个新的信仰是美好的，亲爱的朋友。它是我们所拥有的最美好的东西。但它还是一个婴儿啊！它的羽翼尚未丰满。啊，一个孤独的宗教也成为不了真正的信仰。它必须成为大家的共同拥有，它必须有狂热与迷醉、欢庆的节日和神秘的祭礼。"

他沉思着，沉浸到了自己的世界里。

"难道不能独自一人，或者在小范围内举行这种神秘的仪式吗？"我犹豫着问道。

"已经可以了，"他点头回应道，"很久以来，我就已经这样做了。我进行过一些礼拜仪式。如果这件事情被人知道，我可能要为此坐上几年牢。但是我知道，这还远远不够。"

突然，他拍了拍我的肩膀，吓了我一跳。"年轻人，"他诚恳地说，"你也有秘密的宗教仪式，我知道，你一定有没跟我说过的梦。我不想知道那是什么样的梦。但是我要告诉你的是：去实践这些梦想，去演绎它们，为它们搭建起祭坛吧！它虽不完美，但是一条途径。我们，你和我还有一些其他人，是否会更新世界，让我们拭目以待。但在我们的内心，我们必须每天都更新世界，否则我们将一无所成。你要记住这一点！你十八岁了，辛克莱，你不要去寻花问柳，你对爱情一定要有自己的梦想和愿望。也许你会对它们心怀恐惧。你无须惧怕！它们是你所拥有的最美好的东西！你可以相信我，我在这方面失去了很多。我在你这个年纪强奸了自己的爱情梦想。我们一定不能这样做！当我们知道了阿布拉克萨斯的时候，我们就不能再这样做了。我们不能惧怕任何东西，也不能将自己内心所期望的任何东西视为禁忌。"

我惊恐地反驳道："但是我们总不能为所欲为吧！我们总不能仅仅因为讨厌某个人，就把他杀掉吧。"

他挪了挪身体，更靠近了我一些。

"在某些情况下我们也可以这样做。只不过大多数时候这只是一个错误的做法。我并不是说，你应该毫无顾忌地去做自己想做的事情。不是这样的。但是，对于那些意义良善的想法，你不应该去排斥它们，用道德说教来批判它们，否则只会让其走向反面，变得有害。我们可以一边满怀肃穆地畅饮杯中的美酒，一边思考着献祭者的神秘宗教仪式，而不是把自己或者别人钉到十字架上。无须这种行为，我们可以用尊重和爱来面对自己的各种欲望和那些所谓的诱惑。然后，它们就会展现出它们的意义，它们都有各自的意义。——如果你又产生了一些无比美好或者极其邪恶的念头，辛克莱，如果你想杀掉某人，或者想做某件非常下流的事，那时候你想一下，那是阿布拉克萨斯，他在你体内制造幻象！那个你想杀掉的人，从不是如此这般的人，他肯定只是一个假象。如果我们憎恶一个人，我们憎恶的是那些在我们自己身上存在而又在他们身上反映出来的东西。我们自身所不存在的问题，是不会让我们的情绪产生波动的。"

皮斯托留斯对我说过的话，从未如此深入地触及我内心最隐秘的角落。我默然无言。让我百感交集的是，他的这些劝诫和德米安当初的话如出一辙，多年来，这些话一直在我的心头萦绕。他们彼此互不相识，却对我说出了相同的话。

"我们看到的这些事物，"皮斯托留斯轻声说，"同时也是存在于我们自身的事物。没有什么事物会比存在于我们自身的事物更加真实。所以大多数人才会生活得如此虚假，因为他们将外面的幻象看作真实之物，而根本不会去关注自己的内心世界。我们对此感到心满意足。但是一旦我们接触了事物的另一面，我们就注定会走上一条不再平凡的道路。辛克莱，大多数人走的是一条轻松的道路，而我们选择的则是一条艰难的道路。——我们走吧。"

在之后的几天里，我等了他两次，但都徒劳无果。直到一天晚上很晚的时候，我才又在街上遇到了他。在寒冷的晚风中，他正独自一人绕过一个街角，踉踉跄跄，已经喝得烂醉如泥。我不想喊他。他经过我的身旁，却没有注意到我，他的眼神炙热而空洞，直直地凝视着前方，仿佛正在追随着来自未知世界的隐隐召唤。我尾随着他走过一条街道。他好像是被一根看不见的线牵引着前行，步伐急切，但又松懈飘浮，就像一个幽灵一样。我悲伤地回到家中，回到我未解的梦境中。

"原来他就是这样更新自己的内心世界的！"我心中暗想。但就在这一刻，我发觉，自己的想法不过是庸俗的道德审判。关于他的梦我又知道些什么呢？也许他在这种迷醉中走上了一条更为稳健的道路，远胜于我在自己的恐惧中惶惶不安。

在课间休息时，我偶然间发现，一个我以前从来没有注意过的同学在接近我。他身材矮小，看起来很虚弱。这个瘦弱的年轻人，头发稀疏，是偏红的金黄色，目光和举止有些特别。有一天晚上，在我返回家中的路上，他在巷子中偷偷地看着我，任由我经过他的身边，然后他便跟随着我，最后在我家的大门前停住了。

"你想要干什么？"我问道。

"我只是想和你聊聊，"他害羞地说，"能麻烦你和我一起走走吗？"

我跟上了他的步伐。我能感觉得到，他内心十分激动，满怀期待。他的手在颤抖。

"你是唯灵论者[1]吗？"他突然问道。

"不是，克瑙尔，"我笑着说道，"毫无可能，你怎么会有这种想法？"

1　唯灵论是指一种宗教和哲学学说。就宗教上的含义而言，它信仰人死后灵魂继续存在，并通过中介可以和活人相交往。就哲学上的含义而言，唯灵论主张精神是世界的本原，它是不依附于物质而独立存在的、特殊的无形实体。它包括各种不同唯心主义哲学派别和观点。

"那你是见神论者[1]？"

"也不是。"

"哎，不要什么都闭口不谈嘛！我能感觉得到，你身上有些特别的东西。从你的眼睛里就可以看出来。我确信，你肯定和神灵有什么关联。——我不是出于好奇心才这么问，辛克莱，不是！我自己也是一个寻觅者。你知道吗？我是如此孤单。"

"你说吧！"我对他鼓励道，"我其实对神灵完全是一无所知，我只是活在自己的梦境里，这一点你已经感觉到了。很多其他的人也活在梦境里，只不过不是在他们自己的梦境里，这就是区别。"

"是吧，也许是这么回事，"他轻声低语道，"关键在于我们到

----

1 见神论，亦译"神智学"。有广、狭两义。广义泛指和哲学体系相联系的各种神秘主义学说。认为通过直接认识、哲学思辨或某种物理过枳就能洞悉神和世界的本性，把上帝看作是－切存在和善的超越的源泉，以喻意解释法来解释宗教典籍。一般的神秘主义限于探讨灵魂和上帝的关系，而神智学则制定人和自然的完整学说。狭义是指19世纪末俄国布拉瓦茨娅和美国奥尔考特所创立的学说。

底生活在什么样的梦境里——你听说过白魔法[1]吗？"

我确实是对此一无所知，只有摇头否认。

"是这样的，如果我们能学会如何去控制自己，那么我们就可以获得永生，还可以施展魔法。你从来没有做过此类的练习吗？"

我对他所说的练习十分好奇，但他一开始总是闪烁其词，直到我转身要走的时候，他才吞吞吐吐地说了出来。

"比如，当我想入睡或者集中注意力时，我就会做这样的练习。我随便想想什么东西，比如一个单词或者一个名字，或者一个几何图形。我会在心中拼命地默念它，我试着把它印刻到我的脑海里，直到我能在那里感觉到它的存在。然后我会想象它在我的脖子里，以此类推，直到我被它彻底充斥。然后我就会变得异常坚定，没有什么能够打破我心中的宁静。"

我多多少少地理解一点他的意思。我倒是能感觉到，他的心里

1　白魔法，又称白巫术，指对人有益处的魔法，或依靠神（未必是单一的神）的力量而进行的魔法。通常这种魔法用于达成某种心愿，是一种企图以超自然方式影响世界的魔法。与白魔法相对的概念是黑魔法。一般相信，黑魔法是用来控制人的灵魂的，而白魔法则用来控制人的心灵。

还隐藏着一些其他的东西，他极易激动而且焦躁不安。我尝试着让他一吐为快。不久之后，他便道出了自己的真实意图。

"你也是在禁欲吧？"他腼腆地问我。

"你指的是什么？你是说性欲吗？"

"是的，是的，自从我知道那个教条后，到现在我已经禁欲两年了。在那之前，我有过一次不道德的行为，你明白吧。你从来没有和某个女人发生过关系吗？"

"没有，"我说，"我还没有找到那个合适的人。"

"但是如果你找到了心目中那个合适的人，你会和她睡觉吗？"

"嗯，当然。如果她不反对的话。"我略带嘲讽地说道。

"噢，那样你就踏上了一条错误的道路！我们只有在彻底禁欲的情况下，才能够使内心的力量得到成长。我就是这样做的，已经有两年之久了。两年零一个月！这实在是太难了！有时候我都快坚持不住了。"

"听着，克瑙尔，我不认为禁欲真的如此重要。"

"我知道，"他反驳道，"所有人都这么说。但是我没料到你也是这样认为的。如果一个人想要踏上更为崇高的精神之路，那么他就必须保持纯洁，必定如此！"

"好吧，那你就这样去做吧！但我无法理解的是，为什么一个压抑自己性欲的人会比另外的某个人'更加纯洁'。或者说，难道你能够在所有的想法和梦境中将性欲排除在外吗？"

他绝望地看着我。

"不，并非如此！我的上帝啊，但是必须要这样啊。我在夜间做过的一些梦，我自己都难以启齿！那真是些可怕的梦啊！"

我还记得皮斯托留斯对我说过的话。虽然我觉得他的话确实是至理名言，但我无法转述他的话，那不是来自我自身的经验，我感觉自身还不能胜任它的权威性，所以我无法给出建议。有人向我寻求建议，而我却无能为力，我为此而感到羞愧。于是，我沉默了下来。

"我试过了所有办法！"我身旁的克瑙尔哀叹道，"所有能做的我都尝试过了：用冷水沐浴、用雪沐浴、做体操、跑步，但这些都毫无帮助。每个夜晚，我都会从梦中醒来，我压根不敢去回想那些梦境。可怕的是：我精神上的所得又逐渐消失了。全神贯注或是安然入睡，这是我无法企及的奢望，彻夜不眠才是我的常态。我不可能永远坚持下去。假如我最终无法继续战斗下去，假如我放弃了，我堕落了，那么我就比那些从未战斗过的人更为恶劣。这些你能理解吗？"

我点了点头，却无言以对。他开始让我感到无聊，他显而易见的困境和绝望并没有引起我的深深共鸣，想到这一点，我对自己的反应感到震惊。我唯一的感受是：我无法帮助你。

"那就是说，你完全无法理解我的感受？"最后他疲惫而伤感地说道，"完全无法理解？一定有解决的途径吧！你究竟是怎么做的？"

"我没有什么可对你说的，克瑙尔，在这一点上，谁也帮不了谁，也没有任何人帮助过我。你必须自己去面对自我，你必须顺应自己真实的本能。除此之外，别无他法。如果你无法找到自我，你也就无法找到神灵，我是这么认为的。"

这个小伙子突然沉默了下来，失望地凝视着我。然后他的眼中瞬间燃起了仇视的火焰，他对我做了一个鬼脸，接着愤怒地喊道："啊，你对我来说真是个了不起的圣人啊！你也有自己的恶习，我知道的！你表现得如同一个智者一样，但私下里却藏污纳垢，你同我和其他人没什么两样！你是一头猪，像我一样的一头猪。我们所有人都是猪！"

我走开了，留他独自站在那里。他跟着我走了两三步，然后又退了回去，转身跑开了。同情和厌恶的感觉令我非常不适。我无法摆脱这种感觉，直到我回到家中，在我自己的小房间里把那几幅画挂在了我的四周，带着无比诚挚的渴望，我沉浸到了自己的梦境里。我梦里的那些东西又立刻浮现了出来，大门、徽章、母亲和那个陌生的女人，那个女人的特征如此清晰地展现在我的眼前，于是，当天晚上我就开始为她画像。

几天之后，这幅画就完成了，在如梦似幻的状态下，我不知不觉地把它画了出来。晚上的时候，我把它挂在墙上，把台灯移到了它的前面，然后我就那样站在它的面前，就仿佛面对着一位神灵一样，我在同这位神灵战斗，直到分出胜负为止。那是一张脸，看起来像是我以前的老朋友德米安，也有几分像我自己。其中的一只眼睛明显高于另一只，那目光掠过我投向了别处，深沉而又无比坚定，写满了命运的意味。

我站在画前，内心的疲惫让我感到寒冷，寒意直达胸腔。我向这幅画发问，向它抱怨，爱抚它，我向它祈祷，我称它为母亲，称它为情人，称它为婊子和妓女，称它为阿布拉克萨斯。这时，我想起了皮斯托留斯说过的话——抑或德米安说的？——我想不起来那些话是什么时候说的，但是我仿佛再次听到了那些话。那些话讲的是雅各布与上帝的天使之间的战斗。"你不给我祝福，我就不容你去。"

每次祈祷时，那幅画好的面孔都在灯光下不断变换。它时而明亮闪耀，时而昏黑幽暗，它一会儿闭上苍白的眼睑，隐去双眼，一会儿又睁开眼睛，射出炙热的目光，它是女人，是男人，是女孩，是一个小孩，是一只动物，它渐渐模糊成斑点，又再次变得巨大清晰。最后，我跟随着内心强烈的召唤，闭上眼睛，看到这幅画出现在我的心里，愈加清晰明确。我想跪倒在它的面前。但是它已经扎根在我的内心深处，我已经无法再把它剥离，它仿佛变成了真正的我。

这时候，我听到一阵沉闷的呼啸声，如同春天里的暴风雨发出的声音，我颤抖了起来，恐惧和前所未有的体验给我带来了难以名状的全新感受。星辰在我面前闪烁、熄灭，记忆回到了最初，回到了遗忘已久的孩提时代。甚至连人类起源之前和生命演变早期阶段中的记忆也如潮水般涌来，熙熙攘攘地掠过我的眼前。我的记忆，似乎把我的整个生命直到最秘密的事情重现，却并不在过去与现在停留。记忆继续前行，反映未来，把我从今日拽离，进入新的生活方式，这些全新生活方式呈现出的景象清晰无比、熠熠生辉。但是这些东西我后来却全然记不起来。

深夜时分，我从熟睡中醒来，身上还穿着衣服，斜着身躺在床上。我开始点灯，我感觉，自己有什么重要的事要思考，却对几个小时之前的事情完全没了印象。我点燃了灯，记忆开始慢慢重现。我四处寻找那幅画，它没有挂在墙上，也没有放在桌子上。这时，我在迷迷糊糊中觉得，我已经把它烧掉了。我亲手将它付之一炬，并把灰烬吞了下去。或者说那只是一个梦？

一股强烈的焦躁感让我感到心神不宁。我戴上帽子，走出屋子，穿过小巷，就好像有人在强迫我一样。我一路狂奔，穿过街道，越过公园，好像被暴风雪席卷着一般。我守候在我朋友的那座阴森的教堂前面，我在一股莫名欲望的驱使下，苦苦寻找着，却并不知道自己在寻找什么。我走到城郊，那里妓院林立，处处灯火通明。在外面更远的地方，有一些新建筑和成堆的瓦砾，有些地方被白雪覆盖着。我觉得自己好像是一个梦游者，正在未知压力的驱动下，穿过这片荒原。这个时候，我突然想起我老家的那栋新建筑，我曾经的施虐者——克罗默，就是在那里敲诈了我的第一笔钱。在这茫茫雪夜里，一栋相似的建筑，就矗立在我的面前，黑色的门洞仿佛是张着大口要吞噬我一般。它把我扯了进去，我想要绕道而行，于是磕磕绊绊地越过了沙子和瓦砾，但是那股欲望愈加强烈，我不得不走了进去。

跨过木板和破碎的砖块，我跟跟跄跄走进了那个荒凉的地方，里面有股混浊的气味，闻起来像是潮湿的寒气和石头的气息混杂在一起。那里有一堆沙子，形成了一块灰白色的亮斑，除此之外周遭一片漆黑。

这个时候，一个惊讶的声音喊住了我："天啊，辛克莱，你是从哪里过来的啊？"

我旁边的一个人从黑暗中站了起来，一个矮小、瘦弱的男孩子，就像鬼魂一样。我吓得头发都竖了起来，我认出了他，我的同学克瑙尔。

"你是怎么找到这儿的？"他问我道，语气激动得像要发狂一样，"你是怎么找到我的？"

我一头雾水。

"我不是来找你的。"我说话间神志有些恍惚，每说一句话，我都感觉筋疲力尽，我的嘴唇沉重无比，就像被冻住了一样。

他直直地盯着我。

"不是在找我吗？"

"不是，我是被引到这里来的。你喊我了吗？你一定是喊我了。你在这儿做什么？夜已经很深了。"

他用他那纤弱的胳膊痉挛似的拥抱着我。

"没错，是深夜了。再过一会儿，天就要亮了。哦，辛克莱，你原来并没有忘记我！你能原谅我吗？"

"原谅你什么？"

"啊，我那天实在是太过分了！"

这一刻，我才想起了我们的谈话，那是四天，还是五天前的事情？但我感觉那已经是上辈子的事情了。就在此时此刻，我突然间就明白了这所有的一切。不只是我们之间发生了什么，而且也包括我为什么来到了这里，克瑙尔在这野外到底想要做什么。

"你是想要自杀吗，克瑙尔？"

他因寒冷和恐惧而浑身颤抖。

"是的，我是这么打算的，但是我不知道自己能不能做到。我想等到天亮。"

我拉着他来到了外面。黎明的第一束光线，裹挟着一股难以言说的寒意，没精打采地在灰暗的空气中闪耀着。我拉着克瑙尔的胳膊走了一段。我听见自己说："现在你回家吧，跟任何人都不要提起！你做错了，大错特错！我们并非像你说的那样，我们不是猪，我们是人，我们创造了神，同他们战斗，而他们会祝福我们。"

我们沉默着继续往前走，然后分开了。当我回到家中的时候，天已经大亮了。

我在 St. 城度过的最美好的时光，便是与皮斯托留斯一同坐在管风琴旁或者炉火前的日子。我们一起读了一篇关于阿布拉克萨斯的希腊语文章，他还给我念了几段《吠陀》[1]的译文，教我怎么发神圣的"唵"音[2]。但在我内心深处敦促着我的，并不是对知识的渴求，而恰恰是其反面。令我感到愉悦的，是我自己内在的不断进步，是对梦想、思想和认知与日俱增的信念感，以及对自身内在力量越来越深入的了解。

我与皮斯托留斯志趣相投，志同道合。我只需要强烈地想念着他，我就可以确定，他一定会来找我或者与我联系。同德米安一样，无须他本人出现，我就能向他发问：我只需在脑海里坚定地想象着他，把我的问题化为深入的思想，然后传递给他。如此一来，

1　吠陀，意为知识、启示，它是印度最古老的文献材料，主要文体是赞美诗、祈祷文和咒语，是印度人世代口口相传、长年累月结集而成的。"吠陀"用古梵文写成，是印度宗教、哲学及文学之基础。

2　唵（梵文：oṁ）是宇宙的第一个声音，根据《吠陀经》的传统，"唵"这个音节在印度文化里非常神圣，它认为"唵"是世上所出现的第一个音，也是婴儿出生后所发出的第一个音，被认为是一个圣洁音节。oṁ是一个经常在佛经和印度教经典里出现的种子字，并有其特殊的意义。一般印度人都会在门口饰上这个字，以保家宅平安。在佛教中，"唵"是咒语（佛教语）的发声字，"唵"字包括有所谓摄伏的作用，据说行此法时，可使一切诸天龙神听从指挥。这个"唵"音，也即《圣经》《古兰经》中的阿门。在中国某些符箓中有运用到此字。

所有蕴含在问题中的精神力量就会以答案的形式反馈到我的内心。不过，我想象的那个人不是皮斯托留斯本人，也不是马克斯·德米安本人，而是那幅出现在我的梦中、又被我描绘出来的画像，那个受我召唤的魔鬼半男半女的幻想。现在它不再是仅仅存在于我的梦境中，也不再是仅仅跃然纸上，而是作为我的憧憬、作为一个得到升华的自我，存活于我的内心中。

我与自杀未遂的克瑙尔之间的关系十分特别，有时亦有些古怪。自我冥冥中救了他一命的那晚起，他就像一个忠仆或是一条忠犬似的依赖着我，盲目地追随着我，试图将他的生活与我的生活联结到一起。他带着千奇百怪的问题和愿望来找我，他想要见见神灵，又想要学学卡巴拉[1]。我向他保证，我对所有的这一切一无所知，可他却全然不信，他坚信我无所不能。但奇怪的是，每当我被某个问题困住的时候，他便总是会来问我一些奇怪、愚蠢的问题，

---

1 卡巴拉，犹太教的神秘教义。从基督教产生以前开始，在犹太教内部发展起来的一整套神秘主义学说。在希伯来文中，此词本义是"接受到的"或"传统的"。原指相对于《圣经》而言的《旧约》其他两个组成部分《先知书》和《圣录》，其内容着重于精神和感觉。

而他的这些怪僻的念头和请求又总能给我带来解开困惑的灵感，让我受到启发。我总是很厌烦他，粗暴地将他赶走，但我自己也心知肚明：他也是上帝为我派来的使者。我给予他的东西，总能收到他双倍的回赠。于我而言，他是向导，抑或指路人。他带给我许多好书和好文章，他从中为自己寻求解脱，却也让我获益良多，远远超出我此时此刻的感悟。

后来，这位克瑙尔同学便在不知不觉中与我渐渐疏远。我与他之间无法进行什么深刻的交流，与皮斯托留斯则完全不同。我在 St. 城的中学时代接近尾声之时，我们之间又发生了一些特别的事。

人的一生当中，谁也难免一次甚至多次违背虔诚与感恩的美德，即使是心地善良的人亦是如此。每个人都会踏出与父母、与师长分离的那一步，每个人都必然会体验到孤独的艰辛，虽然大多数人都难以承受这种煎熬，很快选择重返自己的那个安乐窝。我与父母以及他们的世界的分离，与我童年"光明"的世界的分离，并不十分激烈，而是逐渐地、不易察觉地渐行渐远。回到家乡的时刻总是让我倍感不适，但这种不适并未达到令我难以忍受的地步。

当我们蓦然间意识到，内心奔涌的主流正将自己带离曾经的所爱之地——一个我们不是出于习惯，而是发自内心去敬仰、热爱的地方，一个我们真心求学、获得良师益友的地方，——那才是更为苦涩、更为可怕的时刻。

这一刻，每一个背离友人和师长的念头都如同毒刺般刺向我们的心脏；这一刻，每一次的反击都变成了一记耳光打回到自己的脸上；这一刻，对那些内心被道德充斥的人而言，"不忠不义""忘恩负义"这些字眼，就如同可耻的称呼与烙印一般，在他们的脑海中不断浮现。他们惊慌失措地逃回孩提时代那舒适的山谷，他们无法相信，分离就这样发生，羁绊就这样被斩断。

随着时间的流逝，我的内心逐渐发生了转变，不再将我的朋友皮斯托留斯视为绝对的引路人。同他之间的友谊，他的建议、宽慰和关怀，这些是我在青年时期的那几个月里最重要的收获。神灵借他之口向我传话，我的梦境经他之口变得清晰明朗，他给了我成为自己的勇气。——唉！可现在我却渐渐感受到，我对他的抵触与日俱增，我从他口中听到了太多的劝导之辞。我发觉，他其实并不能完全理解我。

我们之间没有争吵、没有冲突的戏码、没有决裂，甚至没有什么所谓的清算。我只对他说过唯一一句，其实并无恶意的话——但是在我说出这句话的那一刻，我们之间的幻想也应声随之化为彩色的碎片。

这种预感已经压抑了我许久。有一个周日，在他的旧书房里，这种感觉变得清晰起来。我们躺在炉火前的地板上，他谈论着自己正在研究的神秘祭礼和宗教形式，他苦苦思索它们未来发展的可能性。但在我看来，这些东西只不过是有些奇特、有趣，但其实在生活中并不是那么不可或缺。这些在我听来不过是卖弄学识，不过是在昔日世界的废墟里筋疲力尽地苦寻。刹那间，我对这整个形式、对这种神话崇拜、对把这些传统信仰形式东拼西凑的把戏心生厌恶。

"皮斯托留斯，"我突然叫了他一声，那股不怀好意的语气令我自己都感到惊讶和恐惧，"您应该再给我讲一个梦，一个您在夜间真正经历过的梦境，您现在跟我说的这都——都是些老古董了！"

他从未听过我如此说话，那一刻我自己也觉得羞愧难当、无比震惊，我射向他的那支箭正中他的要害，但那支箭却是取自他的武器库——我时不时会听到他用这样揶揄的语气自我解嘲，此时此刻，我却不怀好意地以更加尖锐的方式把这种自嘲丢还给了他。

他瞬间察觉了这一点，随即安静了下来。我看出了他内心的恐惧，他的脸色变得非常苍白。

沉默了许久之后，他向火中添了一些木柴，镇定地说道："你说得对，辛克莱，你是个聪明人，我不会再拿这些陈词滥调来打扰你了。"

他的语气很平静，但我听得到他心里的伤口在滴血。我究竟都做了些什么！

眼泪马上就要夺眶而出，我想把身体转向他，诚挚地恳求他的原谅，诉说我对他的敬爱和感谢。感人的话积聚在我的心头——可我却一个字也说不出口。我躺在那里，默默地看着炉火，他也一声不吭，我们就这样躺着。炉火渐渐燃尽、沉寂，看着火苗越来越暗，我觉察到一些美好的、真挚的事物也在随之逐渐熄灭，逐渐消逝，而且必定一去不复返。

"恐怕您是误会我了。"最后我挤出了这样一句话，声音干瘪、沙哑。这句愚蠢而又毫无意义的话机械地从我的嘴里冒了出来，听起来我仿佛是在朗读一篇报纸上的小说。

"我非常明白你的意思。"皮斯托留斯轻声说道。

"你说得没错。"他停了一会儿，然后缓缓地继续说道，"一个人是会对另外一个人的意见表示反对，这也没什么错吧。"

"不！不！我说得不对！"我在心里呐喊。——但我却有口难言。我明白，我不经意间的一句话说中了他的弱点、他的困境和他的伤口。我恰恰触碰到了他对自己缺乏信心的地方。他的理想是"老古董"，他是个怀旧者，是个浪漫主义者。我突然深深地意识到，皮斯托留斯于我而言的意义和他带给我的一切，恰恰是他无能为力，无法给予自己的东西。他为我引路，而他，这位引路人，也最终必定被我超越、抛弃。

天知道我怎么会说出这种话！我并无恶意，也无意引发这场灾难。说出这句话的时候，我并没有预料到这会带来什么样的后果。我向一个有些滑稽、有些恶毒的小念头屈服了，由此衍生出了命运的轨迹。我无心之中犯下的一个小错，却变成了对他的一场审判。

哦！我当时多么希望他能勃然大怒，能为自己辩护，能将我臭骂一通！可他却什么都没有做，我只能暗暗在心里这样惩罚自己。如若可以，他本可以笑一笑。但他没能做到，从这一点就完全可以看出我伤他有多深了。

我是个冒失而又不知感恩的学生，面对我的打击，皮斯托留斯选择了默默承受，他默不作声，认可了我的说法，他将我所说的话作为命运来接受。这让我对自己感到厌恶，他让我无比清晰地意识到了自己的鲁莽无知。当我发出攻击时，我以为我的对手是一个无比强大、骁勇善战的人——但他其实只是一个沉默寡言、处处忍让、手无寸铁的人，时时逆来顺受。

我们就那样躺在渐渐熄灭的炉火旁，躺了很久。火焰中每个火光的样子，每根燃尽弯曲的柴火，都令我回想起那些幸福、美妙、充实的时光，我对皮斯托留斯的愧疚之情也随之慢慢积聚，愈加强烈。最后，我再也无法忍受这一切。于是，我起身离开了。我站在他的门前、在漆黑的楼梯上、在他的房子外面等了很长时间，看看他是否会出来追我。然后我便抬起了脚步，一刻不停地奔跑，穿过城市和乡村、公园和树林，一直跑到夜幕时分。那一刻，我第一次感受到了自己额头上该隐的印记。

我开始慢慢地思考整件事情。我脑海中所有的念头都做好了自我谴责、为皮斯托留斯辩护的准备，可最终却都得出了相反的结论。我无数次想要收回那些让我追悔莫及的话——但我说的都是实话。直到现在，我才真正理解皮斯托留斯，才看清他的整个梦想。他的梦想是成为一名牧师，传播这种新的宗教，赋予情操、爱和崇拜新的形式，创立新的象征。可这不是他的职责，也不是凭他的一己之力可以做到的。他过分沉湎于过去，对过往过于了解，对古埃及、古印度、密特拉[1]、阿布拉克萨斯都知之过多。他的爱与世间已有的形象密不可分，而且他心里也一定明白，新生事物理应新颖且与众不同，它植根于新鲜的土壤，汲取新的源泉，而非源于收藏和图书馆的造物。他的使命或许是帮助和引领我们走向自己，正如他引领我一般。给我们带来闻所未闻的事物，给我们创造全新的神灵，这不是他的使命。

此时，一个突如其来的想法，如同一道熊熊烈火在我的体内迸发：我们每个人都有自己的"使命"，但没有人能够自主选择、限定或者随便掌控它。希望有新的神灵本身就是一个错误，妄图随意给予世界些什么的想法则更是大错特错！对于清醒的人来说，就只

---

1 密特拉是极古老的、属于雅利安宗教系统（有学者称之为原始印度－伊朗宗教系统）的神祇。

有唯一一个使命：找寻真正的自己，成为真正的自己，摸索自己的前行之路，不论它通向何方。——这种想法深深地震撼了我的内心，这就是我在这些经历中的收获。我总是在幻想未来的景象，梦想自己将会扮演的角色，也许是诗人、预言家、画家，或者随便什么身份。可这一切都无关紧要。我存在的意义并非为了写诗、传教或者画画。无论是我还是其他人，都不是为此而存在的。这所有的一切都不过是附属品。工作对我们来说只有一个意义：走向自己。在一个人生命终结之时，他是想以诗人还是疯子、是预言家还是罪犯的身份——这都不是他的事情，是的，到了最后关头这些已经无足轻重。他的使命是找到属于自己的命运，而不是任意的什么命运，然后尽情地去享受这种命运，彻彻底底、毫不动摇。其他的一切都是不完整的，都是在试图逃避，随波逐流，是对内心的恐惧和屈服。一幅新的画面浮现在我的眼前，森然而又神圣。对于它，尽管我已有过无数次的预感，可能也有所提及，但直到现在才有了亲身体验。我是大自然的造物，是走向未知的造物，可能重获新生，也可能灰飞烟灭。让这个造物冲破生存的最底层，用心去感受它的意志，让它变得完整，这就是我的使命，仅此而已！

孤独的滋味我已品尝过多次。而现如今，我预感到，世间还存在着更为刻骨铭心的孤独，无法摆脱的孤独。

我未曾尝试与皮斯托留斯和好。我们还是朋友，但关系已不复从前。这个问题我们只讨论过一次，其实主要是他在说。他说："我想当个神父，这你是知道的。我最想成为那个新宗教的神父，就是那个我们提过一些的宗教。虽然我自己不愿意承认，但我早就明白——我其实无法胜任。我可以从事其他形式的神职工作，比如说演奏管风琴之类的。管风琴乐、神秘的宗教仪式、象征和神话，我认为这些东西是美好的和神圣的，我必须将自己置身于它们的包围之中。我需要它们，我离不开它们。——这就是我的软肋。辛克莱，其实有时候我也知道，我不该有这种愿望，它们太过奢侈，太过软弱。如果我任凭命运驱使，毫无怨言，或许更伟大、更正确，可我做不到，这是我唯一做不到的事情。或许您可以，这真的很难，这恐怕是世上最艰难的事了，我的朋友。我总是梦想着我可以做到，但我真的不行，这让我害怕：我无法那样完全赤裸、彻底孤独地站在那里。我就是一条可怜的小狗，我也需要食物和温暖，渴望有同类相伴。除了命运别无他求之人，就不再有同伴，只能在冰冷的世界里孤军奋战。你明白吗，这就是耶稣在客西马尼园中的境况。世间有这样的殉教者，他们心甘情愿地被钉在十字架上，但他们并非英雄，也没有得到救赎，他们也渴望获得那些自己欢喜和熟悉的事物，他们也有榜样，他们也有理想。只听从命运的人，他们既没有榜样也没有理想，没有任何东西能让他们喜欢，让他们获得慰藉！可事实上，这是每个人的必经之路，你我之辈着实是孤独的，但我们还有彼此。我们与众不同，奋起反抗，追求非凡，我们为此暗暗得意。想走完全程的人，就必须摒弃这些，不能有成为革命家、榜样或是殉教者的想法。真的是难以想象——"

是的，这的确是难以想象。但它却可以被梦见、可以被探询、可以被预知。当我的内心彻底平静下来的时候，有几次我对它有了一点感觉。然后，我开始审视自己的内心，我看到了自己命运之像，看到了他那圆睁的双眼。那双眼睛里或充满着智慧，或满是荒唐，或闪耀着爱的光芒，或散发着深深的恶意，这都无所谓。对此我们毫无选择，无权渴望。我们只能寄希望于自己，寄希望于命运。皮斯托留斯将我引至此处，于我而言，他并不仅仅是个引路人。

在那些天里，我像个盲人一般四处乱撞，心中波涛汹涌，每一步都危机重重。除了望不到边的黑暗我什么都看不到，从前的道路都消失不见。我在内心中看到了引路人的模样，他长得像德米安，他的眼中映射着我的命运。

我在一张纸上写道："一位引路人已经离我而去，我身处黑暗，无法独自前行。救救我吧！"

我本想把这张纸寄给德米安，但最终还是放弃了。每当我想这样做时，它看起来总是那么愚蠢可笑而又毫无意义。但我自己却将这篇短小的祷词熟记于心，时常在心中默念。它时刻陪伴着我。我逐渐开始明白，究竟什么是祷告。

我的中学时代结束了。我应该去做一次假期旅行，这是我父亲的意愿，然后我就应该去大学读书。我还不知道自己该学哪个专业。我被批准学一个学期的哲学。其实不论学什么专业，对我来说都无所谓。

第七章　夏娃[1]夫人

Demian　Die Geschichte von Emil Sinclairs Jugend

---

1 夏娃在亚伯拉罕诸教的创世神话中，被视为世界上的第一个女人，与丈夫亚
　当是人类的原祖父母。夏娃的名字表示的是"生命"的概念，是生育能力的
　象征，是众生之母。

假期里，我去了一次马克斯·德米安和他的母亲几年前住过的地方。一位老妇人正在花园里散步，和她攀谈了几句后，我得知，她现在是这里的主人。我问起德米安一家。对于这家人，她现在还记得十分清楚，但不知道他们现在住在哪里。她觉察到了我强烈的好奇心，于是把我请到屋里，翻出一本皮质相册，拿出一张德米安母亲的照片。我几乎已经忘记了她的模样。但当我看到照片时，那一瞬间，我的心跳仿佛停止了。——这正是我梦中的图像啊！她就是我梦中那高大而又有些男子气概的女性，与她的儿子十分相像，流露出的气质饱含母性、严厉和强烈的热情，美丽诱人却又让人难以接近，是魔鬼与慈母、命运与爱人的化身。这就是她！

得知我梦中的图像真实存于这世上的那一刻，我心中顿时感觉，这简直就是奇迹！这世界上真的存在这样一个女人，她就是我命运特征的承载！她现在在哪里？到底在哪里？——她竟然是德米安的母亲！

不久之后，我便踏上了旅程。一场奇特之旅！我不知疲倦地四处游走，随心而行，永不停歇地追寻着那个女人。有时候，我会遇到一些让我想起她的人，一些与她身形、声音相像的人，一些与她相似的人。我仿佛置身于混乱的梦境之中，被她们深深吸引，跟随着她们走过陌生城市的大街小巷、火车站，跟着她们登上列车。有时候，我突然意识到，自己的追寻完全是徒劳。于是，我无所事事地坐在公园里、在酒店的花园里，或是在候车厅里，审视自己的内心，尝试着让那个图像在我的心中变得更加清晰。可是，它现在却变得愈加模糊、短暂易逝。我经常是彻夜不眠，只有在火车上才能眯上片刻。有一次在苏黎世[1]，一个美丽但有些轻佻的女人一直跟在我身后。但我并没有正眼瞧她，径直朝前走，全然把她当作空气。

---

1 瑞士的一个城市名。

与其在另一个女人身上浪费时间，哪怕只是一小时，我也宁愿即刻死去。

我感受到我的命运在牵引着我，我感受到它即将实现，可我却无计可施，这让我心浮气躁。有一次，在一个火车站，我觉得，应该是在因斯布鲁克[1]，我在一列刚刚启动的列车窗口边看到了一个身影，那个身影又让我想起了她，这让我一整天都闷闷不乐。夜里，这个身影又突然出现在我的梦里，我带着羞愧和寥落之感醒来。这一刻，我发觉自己的这种追寻毫无意义。于是，我径直踏上了归程。

几周后，我在 H.[2] 大学注册报到。这里的一切都让我失望透顶。我读的哲学史课程空洞无物、循规蹈矩，大学生们的日常生活亦是如此。每个人的所作所为都千篇一律，在那些稚嫩的脸上堆砌着的笑容看起来也是写满了空虚乏味、虚情假意！但我是自由的，一整天的时间都属于我自己。我住在城郊的老房子里，享受着宁静、惬

1　奥地利的一个城市名。

2　德语单词 Heil，以 H 开头，意思为"解脱""拯救""福祉""极乐"，鉴于前文 St. 城（圣城）的命名方式，此处或有此意。

意的生活。我的桌子上摆着几本尼采的书，我同他一起生活，感受他灵魂深处的孤独，体验那不停驱赶着他的命运，与他一同承受痛苦。世间也曾有过这样一位坚定自己道路的人，与之同行，我觉得快乐至极。

有一天夜晚，我在城里闲逛，秋风瑟瑟，酒馆里传来学生们合唱的歌声。烟草的烟雾从敞开的窗户里飘了出来，随着一波波的音浪飘向云端。歌声嘹亮有力，却死气沉沉，毫无个性。

我站在街角，听着两家酒馆里洋溢着年轻人的欢笑声，他们每天都会这样宣泄到深夜。到处都在拉帮结派，到处是成群结队，到处都在推卸命运的责任，聚众取暖！

两个男人从我的身后慢慢地超过了我。这时，我听到了他们的一段对话。

"这不是和非洲土人村里年轻人的聚会场所一样？"其中一个人说道，"完全正确，甚至连文身都成了潮流，看，这就是朝气蓬勃的欧洲。"

这个声音我听起来似曾相识——简直是非常熟悉。我跟着他们走进了一条昏暗的小巷。其中一个是日本人，个头不高，温文尔雅。借着灯光，我看见他黄色的面孔上流露出了灿烂的笑容。

这时，另一个人又说道："现在你们日本恐怕也未必比这儿好到哪儿去。能够不随波逐流的人在哪儿都是少数，不过这里也有一些。"

他说的每句话都让我又惊又喜。我认识这个说话的人。他是德米安。

晚风中，我跟随着他和那个日本人穿过昏暗的小巷，倾听着他们的谈话，沉醉在德米安说话的语气中。他说话时还是那种语气，还是一如既往地自信、平静，依然让我如痴如醉。现在，一切都好了。我终于找到他了。

在城郊一条街道的尽头，那个日本人向他道别后打开了自己的家门。德米安沿着原路返回。我站在马路中间等他。看着他迎面朝我走来，我的心跳得厉害。他腰杆笔直，步伐轻盈，身上穿着一件棕色的雨衣，手臂上挽着一根细细的手杖。他不紧不慢地走到我面前，摘掉帽子，露出昔日那张聪敏的脸庞，坚毅的嘴唇，还有那特别明亮的宽大额头。

"德米安！"我喊道。

他向我伸出了手。

"辛克莱，你终于来啦！我一直在等你。"

"你早就知道我在这儿？"

"之前我并不知道，但我一直希望你会来。我今天晚上才见到了你，你可跟了我一晚上了。"

"你第一眼就认出我了？"

"当然，虽然你有一些变化，但是你有那个印记啊。"

"印记？什么印记？"

"如果你还记得的话，我们以前称呼它为该隐的印记。那是我们的印记。你一直都有，所以我才跟你成了朋友。只不过现在这个印记愈加清晰了。"

"我不知道。或许其实是知道的吧。有一次我画了一幅你的画像，德米安，特别惊奇的是，它居然跟我也有些相像，这就是该隐的印记吗？"

"就是它。你能过来真是太好了！我母亲知道了也一定十分高兴。"

我吓了一跳。

"你母亲？她也在这儿？她应该不认识我吧。"

"哦，她知道你，不用我说她也能认出你是谁。——我们都好久没有你的消息了。"

"哦，我总想给你写信，但都没能做到。最近一段时间，我一直有预感，我一定会很快找到你，我每天都盼着能与你相见。"

他挽着我的胳膊，同我走在了一起。他身上散发出的从容淡定也渗入我体内。我们像从前一样聊天，回忆中学时光、坚信礼课，还有假期中那次不愉快的相聚。——只是没有再提起我们之间最初的那根最为紧密的纽带，与弗兰茨·克罗默的故事。

出乎意料的是，我们竟谈到了一些极富前瞻性的奇特话题。之前，我听到过他与那个日本人之间的谈话，我们也聊到了相似的内容，聊到了大学生们的生活，接着又跳到了另一个完全不相干的话题，但这些话题在德米安的口中又有着一种内在的联系。

他谈及了欧洲的精神和这个时代的特征。他说，现在到处都充斥着结社与群集的气氛，但是爱与自由却无处可见。从大学生联合会、合唱团直到各个国家，所有的这种联合都是一种强制性结合，是出于忧虑、出于恐惧、出于困境而形成的联合，它本身就是陈旧腐朽的，它本身就濒临瓦解。

德米安继续说道："联合是一件美好的事情，但我们现在见到的这种遍地开花的联合却并非如此。它是新的存在，应该是建立在个体彼此了解的基础上，它具有暂时改变世界的力量。可如今所谓的联合，充其量不过是群集而已。人们投身彼此，不过是因为他们对彼此心存畏惧——统治者之间、工人之间、学者之间，概莫能外！他们为何彼此畏惧呢？只有在身心不一时，人们才会心存恐惧。他们心存恐惧，原因正是在于他们从未真正了解自身。这样的联合不过是乌合之众的联合，他们对自身的未知之处尚且心存畏惧！他们都有这种感受：他们的生活准则不再有效，他们仍按照陈规旧俗生活，无论是宗教还是美德都不再适应我们的需要。一百多年来，欧洲只知道做研究、造工厂！他们确切地知道杀死一个人需要多少克炸药，却不知道如何向上帝祈祷，甚至不知道如何享受一小时的欢愉。你就看看这些大学生酒馆吧！或者你再看看那些富人出入的娱乐场所！简直是无可救药！——亲爱的辛克莱，这些地方是不会让人心生愉悦的。这些人战战兢兢地聚集在一起，他们的内心充满了恐惧和恶毒，彼此之间毫不信任。他们恪守那些不再是理

198

想的理想，扼杀每一个树立新理想的人。我感受到了冲突的存在，相信我，它们一定会来临，它们很快就会来临！它们当然不会'改善'这个世界。无论是工人打死了工厂主，还是俄国与德国开火，都仅仅是更换了统治者而已。但这并非毫无用处。它将揭示现存理想的虚妄，清除石器时代的诸神。现存的这个世界即将死亡，即将毁灭，这注定发生。"

"那我们又将何去何从呢？"我问道。

"我们？也许我们会一同毁灭。人们也可能会杀死你我之辈。只是我们不会就此完结。我们会有幸存下来的东西，我们当中会有幸免于难的人，未来的意志会在它或是他们周围聚集。多年来，在我们欧洲，人们为科学技术的盛宴而欢欣鼓舞，人类的意志则被这种呼声掩盖，而人类的这种意志未来必将得以显现。到那时候，人们就会发现，人类的意志与现在的联合会、国家、人民、协会和教会完全不同。自然对于人类的寄托，印刻在每个人的心中，在你我的心中，这才是人类的意志。它存于耶稣心中，存于尼采心中。如果现如今的那些联合能够解散，那么这些真正重要的潮流——当然它们每天都在发生着改变——便有了发展空间。"

最后，我们在河边的一个花园前停了下来。

德米安说："我们就住在这里，有空来看我们吧！我们非常欢迎你。"

夜深转凉，我心情愉悦地踏上了归家的坦途。城里到处可以看到正在回家的大学生，吵吵闹闹，踉踉跄跄。他们这种可笑的快乐与我孤独的生活形成了鲜明的对比，我常常可以感受到这一点。我常常为他们感到悲哀，又常常对他们不屑一顾。但我从未如今日这般，平静的心境和神秘的力量让我感受到，这与我其实毫不相干，这个世界于我真的是遥远而又陌生。我想起了家乡的官员，德高望重的老先生们。他们回忆起大学时期的酒馆生活，对其念念不忘。在他们眼里，那种生活仿佛是极乐世界的纪念品。他们祭奠学生时代逝去的"自由"，正如诗人或浪漫主义者歌颂童年那样。处处都是如此！他们在四处追逐这种"自由"和这种"幸福"，纯粹是出于恐惧，担心有人会拿职责来提醒他们，害怕有人会敦促他们走好自己的路。醉生梦死、歌舞升平地过上几年，然后他们就收敛起来，摇身一变，成了道貌岸然的国家公仆。是啊，这真是堕落，我们的世界真是太堕落了。与世间无数的其他恶事相比，大学生们的那些蠢行可以说是不足挂齿的。

当我回到偏僻的住处，准备上床睡觉时，脑海中的一切都烟消云散了。我整个意识都满怀期待地凝聚在那个重大的承诺上，那个我今天获得的承诺。只要我愿意，甚至是明天就能见到德米安的母亲了。那些大学生在酒馆里流连忘返，他们愿意在自己脸上文身，世界将要腐败沉沦——这些与我何干！我只期盼命运为我呈现一幅崭新的画卷。

我睡得很沉，直到早上很晚方才醒来。于我而言，新的一天就如同一个隆重的节日，只有我孩童时期的圣诞节能与之相提并论的一个节日。我的内心激动不已，却没有丝毫恐惧。我感觉到，一个对我来说十分重要的日子就要来临了。我发觉自己周围的世界在不断变化、等待着，目标明确、庄严隆重。淅淅沥沥的秋雨声也那么美好、静谧，如同欢快的音乐般充满喜庆的气氛。外在的世界与我的内心第一次达到了和谐统一——这便是心灵的庆典，这样生命便有了意义。房屋、橱窗、胡同里的闲杂人等都无法对我造成烦扰，一切都那么自然，不似往常那般空洞乏味，而是在等待自然，迎接令人敬畏的命运。早在孩提时代，我就曾在圣诞节和复活节之类盛大节日的早晨见过这个世界。但是，我从不知道，它竟能如此美好。我已经习惯了把自己封闭起来。与此同时，我也明白，自己已经丧失了感知外界的能力，失去炫目光彩的同时也伴随着童真的逝去，我们必须以放弃这些可爱的闪光点为代价来换取自由与男子气概。而今我欣喜地发现，这一切只是因被掩埋而变得暗淡，自由者与放弃童真之人也有可能看到这世界云开雾散，也能品尝到孩子们眼中的绚烂。

这一刻终于到来了，我又来到了那处郊外花园，那晚我就是在这里与德米安分别的。在郁郁葱葱的树丛背后，掩映着一幢阳光充足、温馨惬意的小房子，一堵巨大的玻璃墙后面生长着高大的灌木花丛，明亮的窗户后面是深色的墙壁，上面挂着一幅幅画，摆着一排排书。大门径直通向一个温暖的小客厅。一名沉默、年迈的女仆身着黑白相间的围裙，引领着我走了进去，替我脱下了大衣。

她把我独自留在了客厅里。我环顾四周，仿佛置身梦中。在深色木墙上，在一扇门的上方，挂着一幅十分熟悉的画，这幅画罩在一块玻璃后面，四周装裱着黑色的边框。那是我画的那只鸟，它有着金黄色的雀鹰头颅，正从世界之壳奋力跃出。我激动地呆立在原地——心中悲喜交加。此时此刻，仿佛我所有的付出与经历都有了答案，都得到了成功的回报。一幕幕景象如同过山车般浮现在我眼前：故乡那拱门上挂着古老徽章的老房子，少年德米安正在临摹着徽章，少年时的我惶惶不安地在敌人克罗默的魔爪下挣扎，还有青年时期的我，正伏在教室桌前描绘内心的渴望之鸟，而我的思绪则迷失在自己编织的罗网之中。——所有的一切，直至这一刻的所有过往，都在我的心中得到了肯定，得到了解答，得到了赞同。

我热泪盈眶地凝视着这幅画，在心中默默品味。我将目光垂了下来，因为就在这个时候，画下方的那扇门打开了，一位身着深色连衣裙、身形高大的女士站在那里。是她。我一句话也说不出来。她的相貌与德米安神似，看不出年龄和岁月的痕迹，浑身散发着生机勃勃的强烈意志。这位美丽、庄重的女士，朝我友好地微笑着。她的目光使我感到满足，她的问候让我仿佛回到了自己家中。我默默地向她伸出手。她用她那坚定而温暖的手掌握住了我的双手。

"你就是辛克莱吧，我一下子就认出你了。非常欢迎你的光临！"

她的声音低沉而温暖，如同甘醇的美酒，令我沉醉。我目光上移，凝望她平静的面庞，漆黑深邃的眼眸，鲜艳丰满的双唇，光洁饱满的额头，上面篆刻着该隐的印记。

"我真是太高兴了！"我边说，边吻向她的双手，"我觉得，我一生都在漂泊——而现在我终于到家了。"

她露出慈母般的微笑。

她和蔼地说道："人永远回不到家。但是，当志同道合的道路交会在一起时，那一刻，整个世界看起来就会像个家了。"

我在寻找她的途中所经历的感觉，这一刻被她尽数道出。她的声音和她所说的话都与她儿子极为相像，却又不甚相同。一切听起来都更加成熟、更加温暖、更加自然。从前的马克斯给人的感觉完全不像是个孩童，他的母亲看起来同样完全不像是一位带着成年儿子的母亲。她浑身散发着年轻、可爱的气息，金色的皮肤紧致光滑，嘴唇如同一朵盛放的鲜花。她站在我的面前，比我梦中的她更加高贵，靠近她会让人感到恋爱的幸福，沐浴在她的目光下给人一种满足感。

这就是命运呈现给我的新景象，不再严酷，不再孤独，而是成熟和喜悦！我没有做决定，也没有履行誓言——我就这样抵达了一个目的地，一处制高点。自此以后，远方的道路将会宽阔无比、精彩纷呈，通往希望的美好国度，有周围幸福的树梢提供荫蔽，有附近的快乐花园送来凉爽。无论我的境遇如何，知晓世上有这样一位女性，享受她的声音，感受她的气息，我已觉幸福至极。无论是母亲、爱人还是女神——只要她在这儿！只要我与她的道路能够临近！

她向上指着我的雀鹰图。

"没有什么能比你的这幅画更让德米安开心的了。"她深思地说道，"我也是，我们一直在等你。我们拿到这幅画的时候就知道，你正向我们走来。你还是个孩子的时候，辛克莱，有一天，我儿子放学回来后告诉我：有一个额间有印记的少年，自己一定要与他做朋友。那正是你。你生活得也不容易，但我们相信你。有一次，马克斯又遇见了你。当时，你正在家里休假。那个时候，你大约十六岁，马克斯告诉我……"

我打断了她："哦，他把这件事也告诉您了！那是我的人生最低迷的时候！"

"对，马克斯告诉我：现在，辛克莱遭遇了人生最艰难的阶段。他试图随波逐流，甚至沉迷酒馆，但是他做不到。虽然他的印记被掩盖了，但它仍然在暗暗地炙烤着他。——难道不是这样吗？"

"嗯，是这样的，就是这么回事。接着，我发现了贝雅特丽齐，最后终于又迎来了一位引路人，他叫皮斯托留斯。那个时候，我才明白，为何我的童年与马克斯有着如此密切的联系，为何我离不开他。亲爱的夫人——亲爱的母亲，当时我时常会想到自杀。难道人生的这条道路对每个人来说都如此艰难吗？"

她伸出手轻柔地抚摸着我的头发，有如清风掠过。

"人生在世总不是件易事。你知道的，鸟儿需要努力挣扎，才能破壳而出。你回头想想，扪心自问：这条路真的如此艰难吗？只是艰难？难道不是也有美好吗？你能找到一条更美好、更轻松的路吗？"

我摇了摇头。

"太难了，真的太难了，直到有了这个梦。"我如梦呓般说道。

她点了点头，然后用锐利的眼神打量着我。

"是的，我们必须找到自己的梦，然后这条路才能走得轻松。但是，没有哪个梦是永久的，每个梦都会被新的梦所替代，所以我们不能只想着永远坚守一个梦。"

我心底一惊。这算是一个警告吗？这算是放弃吗？但是，这无所谓了，我已准备好听从她的指引，不管最终会走向哪里。

我说道："我不知道我的梦可以持续多久，我希望它是永恒的。在这幅雀鹰图下，我的命运接纳了我，如同一位母亲，如同一位爱人。我只属于它，除此之外别无他人。"

"只要这个梦仍是你的命运，你就要对它忠诚。"她严肃地认同道。

一股浓浓的悲伤感向我袭来，我恨不得在这奇妙的时刻马上死去。我感觉到了自己的眼泪——我已经太久没有哭过了！——止不住地从我的心底涌起，将我击溃。我猛地转过身背对着她，然后走到了窗边，望向窗外的盆栽，泪水已经模糊了我的双眼。

我身后传来她的声音，从容自若而又无比温柔，宛如一只斟满了美酒的酒杯。

"辛克莱，你真是个孩子！你的命运热爱着你。如果你能对它保持忠诚，总有一天它会像你梦中那样，完全属于你。"

我抑制住自己的情绪，又转身面向着她。她握住了我的手。

"我有几个朋友，"她微笑着说，"不多，但很亲密的几个朋友，他们都叫我夏娃夫人，如果你愿意，你也可以这样叫我。"

她带着我走到了门前，打开它，然后伸手指了指花园："马克斯就在那里。"

我呆若木鸡地站在大树下，内心却波澜起伏。我不清楚，自己是比任何时候都更为清醒还是更加迷蒙。雨滴从树枝上轻轻滴落。我缓缓走进园中，花园沿着河岸向远处延伸。最后，我在一间小花房中找到了德米安，他裸着上身，正对着一个吊着的小沙袋练习拳击。

我目瞪口呆地站在那里。德米安看上去神采奕奕，宽阔的胸膛，坚定而富有男子气概的脑袋，抬起的手臂上肌肉紧实而强健，臀部、肩膀和手臂的关节协同发力，动作仿佛行云流水一般流畅。

"德米安！"我喊了一声，"你在干什么？"

他开心地笑了笑。

"我在锻炼自己。我跟那个小个子日本人约定好了要来一场摔跤比赛。那个家伙灵巧得像只猫，而且十分狡猾。但是，他赢不了我的。我要给他个小小的教训。"

他穿上了衬衣和外套。

"你已经见过我的母亲了？"他问道。

"是的。德米安，你真是有一位伟大的母亲！夏娃夫人！这个名字与她极为般配，她就像是万物之母一样。"

他若有所思地盯着我的脸。

"你已经知道她的名字了？你该为此感到骄傲，小伙子！初次见面就能让她告知姓名的，你可是第一人。"

自这一天开始，我就像是这个家里的孩子、兄弟或是爱人一样，在这里进进出出。当我关上身后的小门，甚至是从远处看着花园里的大树逐渐显现时，我便感到既满足又幸福。

外面是"现实"，外面是街道、房屋、人群、设施、图书馆和教室——这里面则是爱与灵魂，这儿有童话与梦想。然而，我们并不是过着与世隔绝的生活，我们生活在思想与对话之中，常常就在世界之中，只不过是在另一片土地上。我们与大众的分离不是通过某个界限，而是在于看待这个世界的不同方式。我们的任务是为这个世界呈现一座小岛，或是一个典范，至少是预告生活的另一种可能性。

我知道，我是久尝孤独之人，所以我明白，联合完全是品尝过孤独滋味的人才有可能组成的。当我看到其他人的联合时，我不再渴求幸福的宴席，不再渴求欢愉的节日，我不再有嫉妒，也不再有乡愁。我渐渐融入了那些拥有"这个印记"的人，获知了他们的秘密。

我们，这些拥有印记的人，掌握着世界的真理，因而被视为古怪，甚至是疯癫、危险的人。我们是清醒者，或是正在苏醒的人，我们的追求是达到一个永远彻底觉醒的状态。而其他人的追求和愿望则是将他们的见解、理想、责任、生活以及幸福投入群体之中。这也是追求，这也是力量和成就。然而，我们认为，我们这些带有印记的人是将自然意志呈现为全新的、分散的、未来的意志，而其他人则是活在固守的意志当中。对他们而言，人性——他们与我们一样热爱人性——是固有的，是必须遵守和维护的。人性于我们而言则是一个遥远的未来，是我们所有人正在为之努力的不懈追求，它的面目无人知晓，它的规则无处可寻。

除了夏娃夫人、马克斯和我，还有一些人也在进行着各种极为不同的探索，他们与我们同属一个圈子，关系或近或远。他们中有些人走上了特别的道路，树立了独特的目标，秉持着特殊的观点和义务。他们当中，有的是占星家，有的是卡巴拉主义者，还有一个是托尔斯泰的信徒，以及各式各样敏感害羞的人，新教派信徒、印度教的修习者、素食主义者，等等。每个人都尊重他人隐秘的生活梦想，除此之外，我们与这所有人在思想上并无共同之处。还有另外一些人与我们更为接近，他们崇尚在过去的神灵和新理想中找寻人性，他们的研究时常勾起我对皮斯托留斯的回忆。他们拿着书，为我们翻译古老的文字，给我们展示古老象征和宗教仪式的图片，教我们知道，迄今为止人类所有的理想财富都是由无意识灵魂的梦境构成的，人类正是在这些梦境中摸索、探究未来的可能性。我们就这样接触到了古老世界里那位有着上千颗脑袋的奇妙神祇，一直到基督教的诞生。我们知道了那些孤独的虔诚者的信仰追求，了解了宗教从一个民族到另一个民族的变迁。从我们收集到的一切信息中，我们对于这个时代和当今欧洲的批判也随之产生。欧洲倾力制造出人类历史上最强大的新型武器，精神却最终深深地陷入无尽的空虚之中。因为它征服了整个世界，却毁灭了它对世界的情感。

我们的圈子里也有某些信仰和某些救世学说的信徒和拥护者。

其中有想使欧洲皈依佛门的佛教徒、有托尔斯泰的追随者，还有其他信仰的信奉者。我们这些内部小圈子里的人会倾听，但并不接受这些学说，而只是把它们视作标志。对我们这些带有印记的人来说，构建未来并不是我们的职责。在我们看来，所有的信仰、所有的救世说早已死亡，毫无用处。我们当中的每个人都能完全成为自己，都能正确对待自己内心萌发的自然之芽，都能坦然接受未知的未来为我们带来的一切。我们只把这些看作唯一的职责和命运。

因为大家都心照不宣，我们每个人都清楚地感觉到，这个时代的毁灭与重生已经近在眼前。有时候，德米安会这样对我说："即将来临的事物是无法想象的。欧洲之魂是一只被束缚已久的野兽，一旦获得自由，它最初的行动肯定不会招人喜欢。长期以来，我们一直在不断欺骗、蒙蔽它。当它的困境真正显现的时候，康庄大道还是旁门左道已经无关紧要。接着，就轮到我们出马了。那时候，大家会需要我们，不是做他们的引路人或新的立法者——我们不会再去经历新的法则——而是作为志愿者，作为随时准备追随、支持、听从命运差遣的人。你看吧，当理想受到威胁时，所有人都会做出一些令人难以置信的举动。可是，当一种新理想、一种或许有些可怕的成长冲动轻轻叩门时，人人都选择了退缩。此时，仍在坚守、仍愿同行的少数人，那就是我们了。我们之所以被刻上了印记——就像该隐被刻上了印记一样——就是为了激起恐惧和仇恨，就是为了将那时的人们从狭窄的田园赶到危险的旷野。所有在人类发展进程中起过推动作用的人，他们之所以能够成功，正是因为他们无一例外都做好了迎接命运的准备。摩西和佛陀如此，拿破仑和俾斯麦亦是如此。服务于哪种潮流、受到哪一端的支配，这并不是他能选择的。如果俾斯麦理解、迎合了社会民主党人，那他会成为一个聪明人，但不是一个顺应命运的人。拿破仑、恺撒、罗耀拉[1]，所有人都是如此。人必须始终从生物学和发展史的角度去考虑，地球运动迫使水生动物走上陆地，陆生动物进入水中，这就是顺应命运的范例。当闻所未闻的新情况出现时，适者才能生存。他们是否是相同的范例，到底是那些保守、守旧的，还是那些激进、革命的更有优势，我们不得而知。但是，他们做好了准备，正因如此，他们才能够拯救自己的种族，进化到新的发展阶段。这一点是我们知

---

1 罗耀拉（Ignacio de Loyola，约 1491—1556），西班牙贵族，天主教耶稣会的创建者，他是 16 世纪天主教反宗教改革运动中影响最大的人物之一。

道的。因此，我们大家也做好准备吧。"

夏娃夫人时常参与此类谈话，但她从不这样发表自己的意见。对每个表达自己思想的人来说，她都是一个倾听者、共鸣者，充满了信任和理解，似乎所有的思想都是自她而来，又回归于她。坐在她身边，偶尔听到她的声音，感受她周围成熟的灵魂的气息，对我来说，便是幸福。

只要我的心中出现哪怕一丝波动、疑惑或是任何创新时，她立刻就能觉察。在我看米，我做的梦似乎都是源自她的启示。我常常向她讲述这些梦境，她完全可以理解，没有什么令她困惑的地方。有一段时间，我的梦总是在重现我们白天的谈话。在我的梦中，整个世界处于动荡之中，而我，或独自一人，或与德米安一起，等待着伟大命运的到来。命运仍被掩盖着，却呈现出夏娃夫人的某些特征——由她提及或是摒弃，这就是命运。

有时，她微笑着说："你的梦不是完整的，辛克莱，你遗忘了最美好的东西——"有时也会出现这种情况：我会又想起一些东西，但无法理解自己之前是如何忘记的。

有些时候，我会感到非常沮丧，受尽欲望的折磨。我觉得自己再也无法忍受这一切，与她近在咫尺，却无法将她拥入怀中。这种时候她也会立刻察觉。有一次，我消失了几天，然后又惘然若失地回来了。她让我坐在她的身边，然后对我说："你不能沉迷于你自己都不相信的愿望当中。我知道你想要什么。你必须放弃那些愿望，或是全心全意、准确无误地去向往它们。如果你能够确信它们必定会实现，那么你的这些愿望就会达成。你相信，却又后悔，而且同时又心怀恐惧。你必须克服这一切。我给你讲个童话故事吧。"

她给我讲了一个少年爱上星星的故事。少年站在海边，伸出双手，向那颗星星朝拜，他对它日思夜想。可是，他知道，或者是自以为知道，一个普通人是无法将其拥入怀中的。毫无希望地爱上一颗星星，他将这视为自己的命运。怀抱着这种想法，他书写了一个由放弃、沉默和忠诚的痛苦所组成的生命篇章。这种痛苦令他进取、使他成熟。可是，他所有的梦想还是专注于那颗星星。有一天夜里，他又来到海边，站在一块高耸的礁石上，仰望着那颗星星，心中燃烧着爱情的火焰。在这一瞬间，他怀揣着无限的渴望，腾空一跃，扑向了那颗星星。但是，在他起跳的那一瞬间，一个念头从他的脑海中闪过：这绝不可能！他就这样摔倒在了沙滩上，粉身碎骨。他不懂得如何去爱。如果在跳起的那一瞬间能够坚定不移，也许他就能飞向天空，与那颗星星融为一体。

她说："爱无须乞怜，也无须索求。爱必须要有内心坚定的力量。这样，爱就不会被吸引，而是会主动吸引。辛克莱，你的爱正被我吸引着，如果哪一天它能够吸引我时，我就来了。我不想施舍，我想要被征服。"

但是，还有一次，她给我讲了另外一个童话故事。从前有一个男人，无望地爱着别人。他将自己封闭在内心之中，认为自己是在为爱而献身。世界于他而言毫无意义，他看不到蓝天、绿树，听不到潺潺的流水声、清澄的竖琴响，一切都被遗忘。他变得穷困潦倒，但心中的爱情却愈加强烈。他宁可死去，宁可化为腐朽，也不愿意放弃对那位美丽女子的追求。他觉得，爱的火焰焚毁了他心中的其他一切东西。他的爱会变得无比强大，会不断吸引着那位美丽的女子向他走来，他张开双臂，把她引到了自己身旁。但是，当她站在他的面前时，她就完全变了模样。他惊讶地发现，他迎来的是曾经失去的整个世界。她站在他面前，献身于他，天空、树林、溪流，一切都焕然一新，带着新鲜、美妙的气息朝他迎面走来，隶属于他，讲着他的语言。他不仅仅是赢得了一个女人，而是心中拥有了整个世界。天空中的每颗星辰都在他的心中辉映，快乐也在他的灵魂中闪耀。他爱过，同时也找到了自我。但大多数人却为了爱情而失去了自我。

在我看来，对夏娃夫人的爱就是我此生的唯一追求。但她每天看起来都焕然一新。有时候，我能够确切地感受到，其实我一直追逐的并非她本人，而是我内心的一个象征，它引领着我走向内心更深处的自我。我常常会从她的口中听到这样一些话，这些话听起来就像是我的潜意识在解答那些牵动我内心的急切问题。有时候又会出现这样的时刻，我就在她的身旁，内心的欲火却在熊熊燃烧，让我忍不住去亲吻那些她抚摸过的东西。渐渐地，精神与肉体的爱、现实与象征相互叠加。又有些时候，我会在自己的房间里想念她，全神贯注，想象自己牵着她的手、亲吻她的嘴。或者我就在她的身旁，看着她的脸，与她交谈，听着她的声音，却分不清这是梦境还是现实。我开始意识到，我们到底如何才能获得持续、永久的爱情。在读一本书的时候，我又有了新的体会，那感觉正如夏娃夫人的一个热吻。她轻抚着我的头发，朝我露出了微笑，她的微笑散发着成熟的魅力。这种感觉就像我在自己的内心又向前迈出了一步。想象她的身影，对我来说就是一切重要的事，就是我的命运。她会幻化成我的每一道思绪，我的每一道思绪也都会幻化成她。

圣诞节的时候，我与父母待在了一起。我本来担心，这一定会让我备受煎熬。因为，我不得不离开夏娃夫人两个星期之久。然而，我并没有感到痛苦，待在家里，思念着她，这感觉其实美妙无比。我无须当面见到她，就能确切地感受到她的存在。回到 H. 城后，我在自己家里待了两天，而没有去见她，为的就是享受这种奇妙的感觉。我还做了几个梦，在这些梦中，我与她的结合方式出现了新的意象：她是一片大海，而我是涌流而入的江河。她是一颗星星，而我自己则是不断向她靠拢的另一颗星星，我们相遇并相互吸引，我们相伴并永远紧紧地环绕着对方划出绚丽的幸福光环。

当我再次见到她的时候，我向她讲述了这个梦境。

她平静地说："这个梦很美好，让它变为现实吧！"

早春时节，让我永生难忘的一天终于来临。我走进了客厅，一扇窗户敞开着，清风带着风信子浓郁的花香穿过整间屋子。因为一个人都没有见到，所以我拾级而上，走向德米安的书房。如平日一

218

般，我轻叩房门，未等应答便走了进去。

房间里很暗，所有的窗帘都拉上了。通往小套间的那扇门开着，那里被德米安布置成了一个化学实验室。明媚的春光穿透乌云从那里照射进来。我以为房间里没有人，于是拉开了窗帘。

这个时候，我看到德米安一动不动地蜷缩在窗边的一个小凳子上。一个念头突然闪过我的脑海：我见过这个场景啊！他的手臂纹丝不动地垂放着，两手放在膝间，脸部微微前倾，双眼圆睁，目光呆滞，死气沉沉，毫无生气的眼睛里闪烁着一道耀眼的微光，就如同从一块玻璃里反射出来的一样。那副苍白的面孔上写满了沉思，除了异常僵硬之外，没有任何表情，宛如寺庙大门上古老的动物面具。他看起来仿佛停止了呼吸。

昔日的记忆让我不寒而栗——没错，我见过这样的他，很多年前，当我还是个孩子的时候。当时，他也是这样，目光投向内心深处，双手无力地摆放在身旁，丝毫没发觉脸上有只苍蝇在游走。大概六年前，他就如现在一般，脸上没有一丝岁月的痕迹，脸上细小的皱纹也毫无变化。

一阵恐惧迎面袭来，我蹑手蹑脚地走出房间，来到了楼下。

我在客厅里遇见了夏娃夫人。她脸色苍白，似乎有些疲惫，我从未在她身上见到这种情况。一片阴影掠过窗户，耀目的阳光忽然消失了。

"我刚刚去过马克斯那里，"我急切地轻声说道，"发生什么事情了？我不知道他是睡着了还是在发呆，我曾经见过他这样。"

"你没叫醒他吧？"她急忙问道。

"没有。他没有听见我，所以我又立刻退出来了。夏娃夫人，请您告诉我，他怎么了？"

她用手背扶着额头。

"放心吧，辛克莱，他没事，他只是回归到了自己的内心，很快就没事了。"

她站起身，走到了花园里，尽管外面已经开始下雨了。我觉得，我不应该与她同去，所以独自在客厅里踱来踱去，嗅着风信子令人沉醉的芳香，凝视着挂在门上方的雀鹰图，呼吸着这所房子里少有的压抑感，这种感觉一早就笼罩着这里。这是怎么一回事？究竟发生了什么？

夏娃夫人很快回来了。黑色的头发上挂着雨滴。她坐到了靠椅上，看起来筋疲力尽。我走到她的身旁，弯下身子，吻了吻她头发上的雨滴。她的眼睛明亮而又平静，可我亲吻的雨滴尝起来却是泪水的味道。

"要我去看看他吗？"我轻声问道。

她无力地笑了笑。

"你已经不是小孩子了，辛克莱！"她大声劝诫道，那语气仿佛是要打破自己心中的禁令一样，"你先回去吧，晚些时候再来，我现在没法跟你交谈。"

我跑着离开了那栋房子，逃离了城市，奔向了山里。斜风细雨扑打在我的脸上，乌云低垂，像是满腹恐惧。低处没有一丝风，但空中似乎却是阴风怒号。惨白的太阳时不时地穿透灰色的云墙，露出炫目的光芒。

突然，一朵柔软的黄色云彩飘过天空，它与灰色的云墙狭路相逢，纠缠在了一起。不一会儿，在风的作用下，黄色与灰色的云朵交汇到了一起，形成了一只巨大的鸟儿，它挣脱那片混沌，振翅高飞，消失在天空之中。之后，狂风呼啸，雨滴伴随着冰雹噼啪作响，一阵短促而又骇人的雷声响彻大地。紧接着，又有一道阳光穿过乌云射向大地，附近山上覆盖着褐色森林的白色积雪闪耀着惨淡虚无的光芒。

几小时之后，经受了风吹雨打的我又回到了那里，马克斯亲自为我开的门。

他把我带到了楼上他的房间，实验室里燃着一盏煤气灯，到处散落着纸张，他好像刚刚工作过。

"坐吧。"他示意道，"你一定累了，今天的天气太糟糕了。可以看得出来，你在外面待了很久，茶马上就来。"

"今天确实发生了一些事情。"我迟疑地说，"不仅仅是这点暴风雨。"

他若有所思地看着我。

"你看到什么了吗？"

"嗯，有一瞬间，我在云里清楚地看见了一幅画。"

"什么样的一幅画？"

"一只鸟。"

"那只雀鹰吗？是它吗？是你梦中的那只鸟吗？"

"对，是我的那只雀鹰。它是金黄色的，巨大无比，飞入了蓝黑色的天空。"

德米安深深地松了一口气。

这时有人敲门。那名年迈的女仆把茶端了进来。

"喝茶吧,辛克莱。——我觉得,你并不是偶然看见这只鸟的吧?"

"偶然?有人会偶然看到这种东西吗?"

"是的,不会。它一定具有某种含义。你知道是什么吗?"

"不知道。我只是能感觉到,它意味着一种震撼,意味着命运的律动。我相信,它与我们每个人都息息相关。"

他激动地在房间里走来走去。

"命运的律动!"他高声喊道。

"昨天夜里,我也梦到了相同的场景。昨天,我母亲也有同样的预感。——在梦里,我顺着梯子往一棵树干或是一座塔楼上爬去。爬上去之后,我看到了整个大地,那是一片广袤的平原,平原上的城市和乡村都陷入了熊熊烈火之中。现在我还没办法完全描述出来,我自己也没有完全搞清楚。"

"你是说这个梦是针对你的吗?"我问道。

223

"针对我？当然了，没有人会做与自己无关的梦。但你说得对，它不只与我有关。我将自己的梦精确地分为两种类型，一类指明我灵魂深处的波动，另一类则十分罕见，其中昭示了整个人类的命运。这种梦我很少做，而那种能预知未来并且得以实现的梦，我从未有过。这其中的含义太过模糊，但我确信，我梦到的东西不仅仅与我个人相关。这个梦与我之前做过的梦是一体的，是它们的延续。辛克莱，之前，我跟你提到过一些我的预感，而这些梦正是那些预感的来源。我们知道，这个世界的确腐朽不堪，但这并不是预测它会毁灭之类的理由。但是多年来，有些东西我一直会梦到，我从中推断出或感觉到，或者说是如你所愿——我从中觉察，旧世界的毁灭正在一点点临近，起初这种预感很微弱、很遥远，但现在，它们却越来越明显、越来越强烈。我只知道，一些与我有关的大事即将发生，其他的我一无所知。辛克莱，我们曾经谈论过的那些事情，我们必定会亲身经历！这世界想要自我更新。它散发着死亡的气息，没有死亡何来新生——这比我想象的还要可怕。"我吃惊地凝视着他。

"你不能把梦中的其他内容也告诉我吗？"我小心翼翼地请

求他。

他摇了摇头。

"不能。"

门开了，夏娃夫人走了进来。

"你们怎么就这么坐着啊！孩子们，你们不会是在伤心难过吧？"

她看起来神采奕奕，之前的疲惫一扫而光。德米安对她笑了笑，她朝我们走了过来，像是母亲走向受到惊吓的孩子一般。

"母亲，我们不是在难过。我们只是在随便猜测一下那些新的征兆。不过，无所谓了。该来的终究会突如其来地出现，那时候，我们需要知道的也就有了答案。"

但我的心情却很糟糕。我跟他们告了别，然后独自穿过客厅。这时，我嗅到了风信子枯萎、衰弱、死亡的味道。一道阴影笼罩在我们的头顶。

第八章　结束即是开始

Demian Die Geschichte von Emil Sinclairs Jugend

我暑期终于如愿留在了 H. 城。我们几乎整天都待在河边的花园里，而不是留在室内。那个日本人离开了，顺便提一下，他彻彻底底地输掉了那场摔跤比赛。那名托尔斯泰的追随者也没有再出现。德米安养了一匹马，每天不知疲倦地骑着它。我常常与他的母亲两个人在一起。

这样平和的生活，有时候连我都会感到惊讶。长久以来，我习惯了独处，习惯了学会放弃，习惯了独自在痛苦中努力挣扎。所以在 H. 城的这几个月里，我仿佛置身于梦幻之岛，生活惬意，沉醉于美好、舒适的事物与环境中。我预感，这就是我们设想的那个联合的序曲，那个崭新的、更为崇高的联合。一股强烈的悲伤不时超越这种幸福，袭扰着我的内心。因为我知道，它不会持久。我没法充实而安逸地生活，我需要痛苦和磨难。我觉察到：终有一天，我将会独自从这美好的爱之幻境中醒来，孤苦伶仃，生活在一个冰冷的世界里，于我而言，那是一个只有孤独和争斗，没有和平、没有同伴的地方。

所以，我总是含着双倍的柔情依偎在夏娃夫人身边，命运中能够拥有这份美好、静谧，已经令我深感欣慰。

夏日如梭，转瞬即逝，暑假很快便接近了尾声。离别的时刻也即将来临，我不愿意去想，也没有去想，而是像蝴蝶眷恋花蜜般贪恋着这美好的光阴。这就是我现在的幸福时光，我生命的意义第一次得到了实现，我终于被一个团体所接纳——接下来将会发生什么？也许我又将会历尽艰辛，饱受相思之苦，怀揣梦想，孤身一人。

有一天，我突然强烈地预感到，我对夏娃夫人的爱火愈加高涨起来，让我备受煎熬。天哪，很快我就再也见不到她，听不到她那美妙而坚定的脚步声，也看不到她放在我桌子上的花了！我做出了什么努力呢？我只是沉醉于梦中，如婴儿般栖息在舒适的摇篮里，而没有去争取她、为她奋斗、将她夺走、拥入怀中。她对我说过的有关真爱的话语，此刻突然在我的脑海中回荡，千言万语，是微妙的劝告，是轻柔的诱惑，亦可能是承诺——而我做了什么呢？没有！什么都没有！

我站在房间的中央，把自己全部的意识都倾注到对夏娃的思念上。我要集结我全部的精神力量，让她感受到我的爱，将她吸引到我的身边来。她一定会来，她一定渴望着我的拥抱，我的热吻必定会贪婪地落在她那成熟的嘴唇上。

我站在那里，全神贯注，直至四肢冰冷。我觉得力量正从我的体内逐渐流失。片刻之间，我感到心中有些东西在收缩、积聚，明亮而清凉，我忽然间感觉到心中仿佛有一块晶体，我明白，那就是自我。寒意在我身上游走，一直逼到了胸口。

从这可怕的紧张感中醒来之后，我觉得有什么事情将要发生。我已经筋疲力尽，却做好了迎接夏娃踏入这个房间的准备，我感到迫不及待、兴高采烈。

远处的街道上传来嗒嗒的马蹄声，声音越来越近，越来越清晰，接着便戛然而止。我跑到窗户旁。德米安从马上跳了下来。我急忙跑了下去。

"发生什么事了？德米安，你母亲没事吧？"

他没有回答我，他脸色苍白，额头上的汗珠顺着脸颊流淌下来。他把缰绳拴在花园的栅栏上，抓住我的手臂，同我一起沿着街道走了下去。

"你已经知道些什么了吗？"

我什么都不知道。

德米安拉着我的胳膊，把脸转向了我，目光深邃无比、充满同情而又极为独特。

"是的，我的小伙子，已经开始了。你听说过我们和俄国的那场大冲突吧——"

"什么？要打仗了吗？我一直不敢相信这种事情。"

附近没有人，可他还是压低了声音。

"还没有宣布，但战争已经开始了。相信我吧。我一直没拿这件事情去烦扰你，但是到目前为止，我已经三次看出了新迹象，即将发生的并不是地球毁灭、地震或者革命，而是战争。你会看到战争是如何打响的！大家会很开心，现在每个人都期待着开战，生活于他们而言太过平淡——但是辛克莱，你会看到这只是个开始，或许这会是一场大战，一场浩大的战争。但这也仅仅是个开端，新时代就要到来了，对那些依附旧时代的人来说，这是个惊心动魄的开端。你有什么打算？"

我感到无比震惊，在我看来，这一切是那么陌生，那么不可思议。

"我不知道——你呢？"

他耸了耸肩。

"只要开始动员，我就会去应征入伍。我是名少尉。"

"你是名少尉？我怎么从来没听你提过？"

"对啊，这是我顺应这个世界的一种途径。你知道的，我从不喜欢引人注目，为了看起来合乎礼仪，我甚至会多花许多心思。我想，八天后我就会出现在战场上了——"

"天啊！"

"好了，小伙子，你不用为此感伤，指挥军队去射杀活生生的人，这其实一点也不会让我开心。但这是次要的，如今我们每个人都会被卷入这个巨轮之中，你也不例外，你肯定也会被征召入伍的。"

"那你母亲呢，德米安？"

这个时候，我才想起了一刻钟之前发生的事情。这个世界真的是瞬息万变啊！我凝聚所有力量来召唤心中最美好的景象，可是现在命运却戴着一副骇人的面具凝视着我。

"我母亲？啊，你不用为她担心。她比这个世界上的任何一个人都要安全——你这么爱她吗？"

"德米安，你知道这件事情？"

他发出一阵轻松爽朗的笑声。

"傻小子！我当然知道了。只要叫了我母亲夏娃夫人，就没有不爱上她的。哦，对了，你今天是不是呼唤过我或是她？"

"对，我呼唤过——我呼唤过夏娃夫人。"

"她感应到了。她突然打发我来找你，当时，我正在告诉她有关俄国的消息。"

我们折返了回来，没有再多聊什么。然后他便解开了拴马的缰绳，骑了上去。

回到楼上的房间之后，我才发觉自己有多么疲惫，因为德米安带来的消息，更多的是因为先前的全神贯注。但是夏娃夫人真的听到我的声音了！我用自己的意念在心里与她取得了联系。她原本是要亲自来的——如果不是——这一切是多么神奇、多么美好啊！现在战争就要打响。我们之前反复谈论过的事情就要发生了。对此，德米安早有预料。现在世界的潮流不再与我们擦肩而过——它突然贯穿我们的内心，冒险和强烈的命运在呼唤我们，世界需要我们，改变自己的时刻现在或不久就要来临，多么不可思议啊！德米安说得很有道理，不必为此感伤。奇特的是，我要与这么多人、与整个世界一同经历如此孤独的事件——"命运"，好吧！

我已经做好了准备。当天夜里，我走过城里，大街小巷群情激奋。所有的话题都围绕着"战争"一词！

我来到夏娃夫人的家里，我们在小花园里享用晚餐。我是唯一的客人。我们对"战争"二字闭口不谈。天色已晚，正当我准备离开之时，夏娃夫人说道："亲爱的辛克莱，你今天呼唤我了。你知道我为什么没有亲自赶过来。但请你一定不要忘记：你现在已经拥有了呼唤的能力，每当你需要某个带有印记的人，那么你就这样呼唤吧！"

她站起身来，走进了黄昏中的花园。带着神秘的气息，她游走在寂静的树林间，高大而华贵，群星在她的头顶上闪烁着柔和的微光。

我的故事即将结束。所有的事情都发展得极为迅速。战争很快便开始了，德米安穿上了制服，披上了银灰色的大衣，看上去十分陌生，他离开了这里，奔赴战场。我将他的母亲送回了家里。不久之后，我也前去向她道别，她吻了吻我的嘴唇，将我拥入怀中，凝视着我，目光热烈而又坚定。

忽然之间，似乎所有人都变得情同手足。他们满口祖国和荣誉，但这只是他们在转瞬间看到的浅显命运。年轻人走出兵营，登上火车，我在许多人脸上看到了一个印记——与我们的不同——是一种美好、庄严的印记，象征着爱与死亡。我也被素未谋面的陌生人拥抱过，我能理解，也积极去回应这种拥抱。这些行为并非命运的意志，而是在迷离恍惚之际发生的，但这种恍惚是神圣的，因为它使所有人向命运之眼投去了短暂的、觉醒的一瞥。

当我到达战场的时候，冬日已悄然而至。

尽管两军交火激烈，可我一开始对一切都感到失望。从前，我曾多次思考过，为什么几乎没有人能够为了一个理想而生活。现在我看到许多人，甚至是所有人可以为了一个理想而死去。但它不是个人的、自由的、可选择的理想，而是一个共同传承的理想。

随着时间的流逝，我却发现自己低估了那些人。虽然服役和共同的危险把他们变得千篇一律，但是我看到了许多活着和正面临死亡的人表现出色，不断向命运的意志靠近。很多人不只在战场上，而是在任何时候都有着坚定、远大、似乎有些着魔的目光，这种目光没有目标，它意味着毫无保留地投身于巨大的恐怖之中。不论他们相信什么、有何用意、追求什么，他们都做好了准备，他们是可用之才，他们可以塑造未来。似乎这世界越是固执于战争、英雄、荣誉和理想，虚假人性的呼声就越遥远、越难以置信。这一切只是表象，正如对战争的外在目标和政治意图的发问也只是停留在表面。一些东西正在深处形成，比如新的人性。因为我看到过许多人，其中一些就死在我身旁——他们深切体会到，仇恨与愤怒、杀戮和毁灭同那些对象并不相关。不，那些对象，正如目标一样，完全是偶然的。原始的情感，甚至最野性的情感都是不针对那位敌人的，他们的杀戮行为只是内心的迸发，是破碎的灵魂的迸发，它想要怒吼、杀戮、毁灭、死亡，以获得新生。一只巨大的鸟儿正奋力破壳而出，这枚蛋就是世界，而这世界必将走向毁灭。

云层中能看到一座大城市，密密麻麻的人从中涌出，簇拥着散布到广阔的原野上。他们当中显现出一位神明的强大身姿，发间闪烁着星光，身形高大，好似一座山峰，相貌与夏娃夫人相像。人群消失在她体内，就像被吸进了一个巨大的洞穴，失去了踪迹。这位女神蜷缩着身体蹲在地上，额间的印记闪闪发光。仿佛被一个梦境支配着，她紧闭双眼，那张庞大的脸庞因痛苦而扭曲。突然她大叫一声，无数颗璀璨的星星从她的额间跳了出来，在黑暗的天空中划出一道道美丽的弧线。

其中一颗星星朝我呼啸而来，仿佛在寻找我——然后它咆哮着绽开，形成了无数的火花，它将我抛向空中，又摔到地上，我头顶的世界轰然坍塌。

有人在白杨树的旁边找到了我，我的身上满是泥土和伤口。

我躺在一个地下室里，上面的枪炮声不绝于耳。我躺在一辆车里，颠簸着穿过空旷的田野。大多数时候，我都在沉睡或是毫无意识。但是我睡得越深，就越强烈地感受到有什么在指引着我，我追随着一种力量，它是我的主宰者。

我躺在马厩里的草垛上，夜色漆黑，有人踩到了我的手。但是我的内心却想继续前行，愈加强大的力量牵引着我离开。然后我又躺在一辆车上，后来又被抬到了担架或是梯子上。我越来越强烈地感觉到有人命令我去向某处，在我的心中，只有一个声音，就是要到那里去。

我终于到达了目的地。那是夜里，我的意识十分清醒，我强烈地感受到了内心的那股引力和欲望。现在，我睡在一个大厅里，被安置在地板上，感觉已经身处召唤自己的地方。我环顾四周，紧挨着我的床垫旁边还有一个垫子，上面躺着一个人，他撑起身子，然后看着我。他的额头上也有印记。他是德米安。

我无法开口，他也不能或是不想说话，只是凝视着我。他头顶的墙上挂着一盏信号灯，灯影落在他的脸上，他朝我笑了笑。

他一直盯着我的眼睛，看了许久，然后慢慢地把他的脸移向我，直到我们几乎贴到了一起。

"辛克莱！"他轻声叫道。

我用眼神向他示意，告诉他，我明白了他的意思。

他又笑了笑，几乎是有些同情的微笑。

"傻小子！"他笑着说。

他的嘴巴几乎要贴上了我的嘴巴。他继续轻声说："你还记得弗朗茨·克罗默吗？"

我朝他眨了眨眼睛，我也还能笑得出来。

"小辛克莱，听着！我必须得走了，你可能还会需要我，来对付克罗默或是其他人。当你再呼唤我的时候，我不会再这样冲动地骑着马或是坐着火车赶来了。你必须去倾听心底的声音，然后你就会发现，我就在你的心里，你明白吗？——还有，夏娃夫人说过，如果你情况不佳的话，让我将她给我的吻转交于你……闭上眼睛，辛克莱！"

我顺从地闭上了双眼，感觉到一个轻柔的吻落在我的唇上。我的嘴唇上一直有一些血迹，丝毫未见减少。接着，我便睡着了。

隔天早晨有人唤醒了我，我的伤口需要包扎。完全清醒过来之后，我立刻翻身转向了旁边的垫子。那上面躺着一个我从未见过的陌生人。

包扎的时候，伤口很痛。那之后发生的一切都让我痛苦不已。

但是，有些时候，我会找到那把钥匙，潜入自己的内心，命运的图景就潜藏在一面幽暗的镜子里，我只需俯身望向那面黑色的镜子，便可以看到我自己的影像，现在与他如此相像，他——德米安，我的挚友，我的引路人。

译后记

Demian Die Geschichte von Emil Sinclairs Jugend

于我而言，2018 年是有着极为特殊纪念意义的一年。5 月，应博集天卷姚长杰编辑之约，翻译诺贝尔文学奖获得者赫尔曼·黑塞的代表作之一 ——《德米安：彷徨少年时》。8 月，经过反复的挫败与奋起之后，申请的教育部人文社科项目"当代德语文学"终于获批。9 月，儿子尹嘉禾呱呱坠地。夫人名为何婷，取姓氏谐音及家和万事兴之意，故名嘉禾，乳名豆豆。时日正值白露，所以我便写下了"秋风起，白露至，嘉禾兴"的寄语。伴随着豆豆的一天天成长，《德米安：彷徨少年时》的译稿也在我的笔下逐渐成形。

今年的寒假也是我最为忙碌的一个假期，几乎天天忙碌到深夜。甚至除夕当日，我与岳父小酌几杯，稍事休息，便继续投入工作。寒假期间，我除了完成《德米安：彷徨少年时》的翻译工作外，还撰写了一个国家社会科学基金项目的项目书和一个博世基金的申请书。许多人认为，高校老师上完几节课便可以逍遥度日，其实不然。课程教学、科研任务、生活压力让广大"青椒"们的日子并不轻松。任教十六年来，即使是在假期，真正能够放松休息的日子屈指可数。

2019年2月12日，农历正月初八，我正式完成了《德米安：彷徨少年时》的翻译与修改工作。当晚午夜时分，满心的喜悦与亢奋让我久久无法入眠。随后，我在朋友圈写下了这样一句话："雅各布与天使摔角，我与德米安战斗，而今战斗终于告一段落。"

回首缘起，在接到本书的翻译邀约之时，我与同期翻译黑塞另一部作品《在轮下》的好友朱雁飞博士的心情相近，着实是诚惶诚恐。对于黑塞的作品，我最早接触的便是《荒原狼》。虽然对心理学方面的著作略有涉猎，也读过一些诸如《古斯特少尉》《艾尔丝小姐》之类的意识流小说，但是《荒原狼》读来还是让我不时陷入苦思。在我看来，黑塞的作品寓意深刻，富含哲思，敢说读懂已是不易，说到翻译更是一项浩大的工程。而且让我更为惶恐的是,《德米安:彷徨少年时》作为黑塞的名著之一,已经有多个译本。黑塞作为用德语写作的知名作家,他的作品被海内外学者广泛研读、分析。这意味着我的这个译本将有可能会被研究黑塞的专家、德语界的同僚们所阅读。面对知者的审视,这确实让我压力倍增。在着手本书的翻译之前,恰巧我的另一部译著出版。在那部书的译者介绍当中,编辑在我的名字后面加上了"翻译家"这一称谓,这确实让我汗颜。获悉我准备翻译《德米安:彷徨少年时》之后,圈内几位好友打趣说:翻译完黑塞的这部作品,你就可以自称翻译家了。

近日，山东大学威海校区张雄老师有关机器翻译的一篇文章引发了德语界对翻译方向乃至外语专业发展的担忧与讨论。科技的不断进步让应用类的机器翻译越来越成熟、完善。希望文学翻译领域还能为广大外语学习者和爱好者留下方寸之地。毕竟文学翻译不仅仅是事实与具体信息的传达，它还包含了译者个人对社会生活、人生的体验与情感，体现了时代发展带来的认知变化。这应该也是为什么经典名著会出现不同译本的原因所在。

"信、达、雅"是译事的理想境界，也是每个译者永恒的追求。但实践中，三者的平衡是难乎其难。本书的副标题德语原文是：

Die Geschichte von Emil Sinclairs Jugend，直译便是"埃米尔·辛克莱少年时代的故事"。黑塞在《辛克莱笔记本》的前言中写道："在我生命最艰苦的难关，在 1914 年的战争期间，我选择辛克莱这个化名发表了一些文章，后来我又选用它发表了《德米安》。"可以说，这部作品有着明显的自传体色彩。从这个角度来看，直译更能保持原文蕴意。诚然，"彷徨少年时"的译法文采斐然，更加富有文学性。同样，末章标题"Anfang vom Ende"，译为"结束即是开始"，秉承了原文的特点。此外，黑塞的母亲是印度裔，黑塞本人也对佛教颇有研究，这一点在他的作品《悉达多》当中一目了然。因此，"结束即是开始"的译法也是考虑到原文中隐含的佛教轮回思想。而将其译为"结束与新生"也契合这一章节的主旨。达是必然要求，信与雅，无谓优劣，更多在于偏好与指向的差异。

除了"信、达、雅"的原则追求之外，读者的接受也是决定翻译结果的一个焦点。在课堂上，我曾与学生聊到了《德米安：彷徨少年时》的翻译工作。其中有同学提到，他以前读过这部作品，但是始终无法领会。如果对宗教、对《圣经》没有太多了解的话，像该隐、强盗、各各他山、客西马尼园之类的寓意确实很难体会。而这些知识却对作品的理解有着至关重要的作用，所以在翻译过程中，我对其中一些概念添加了注释，以便于读者理解，保持阅读的流畅性与完整性。"Eva"在德语中作为人名应该译为"艾娃"。但是文中有"她就像是万物之母一样"这一表述，所以正确的译法"夏娃"才能符合《圣经》故事中的定义。"雅各布的摔角"而不是"摔跤"亦是同理。Beatrice在新华通讯社译名室发布的规定中，应译为"贝阿特丽策"。作为但丁《神曲》中的重要人物，常见的译法还有"贝阿特丽切""比阿特丽斯""碧翠丝"等等。但朱维基的《神曲》译本中将其翻译为"贝雅特丽齐"，这一名称在百度当中也有专门词条，也是现行相对普遍接受的译法。如此种种，不胜枚举，在此不做赘述。

为了确认《阿徒斯的悲剧》的标准译法，我请教了一位在德国留学的西方音乐史博士。得知我在翻译《德米安：彷徨少年时》时，这位友人指出黑塞深受宗教浸淫。作为新进的天主教信徒，她还与我就宗教问题展开了一场对话。在我看来，宗教问题作为个人信仰无可厚非，宗教中宣扬的真善美也与我们普罗大众的美好追求一致。但有人把宗教信仰当成一种优越的标签却是大可不必。更有甚者乐于每天在微信朋友圈之类的平台做一番宗教自省，成为作秀的工具，那满天神佛自己应该也是不肯答应的。其实，信仰是一种力量，无须大肆鼓吹，趋光性是动物的本能，向往光明、追求真理也是人类的本能抉择。

在《德米安：彷徨少年时》的翻译过程中，遇到难以理解的地方我总是会向我们的外教马丁（Martin Scholz）请教，而他总是能及时为我指点迷津。开学之时，他告诉我，本学期结束后，他将回国陪伴家人。自 2004 年，郑州大学德语系建立以来，马丁便在我校工作，十几年如一日，为郑大德语系的成长洒下了辛勤的汗水。在此感谢他为本书翻译提供的帮助，感谢他为郑大德语系所做的贡献。正是有了马丁这种国际友人，才有了中德文化交流的蓬勃发展。祝愿老马在未来的日子里一切顺利！

2018 年，我翻译的另一部儿童文学作品《为什么月亮不会掉下来》得以出版。2019 年，《德米安：彷徨少年时》也即将面世。将来，这两部书都会成为小豆豆的必读作品。前者能让他从科学角度了解浩瀚宇宙、大千世界。而《德米安：彷徨少年时》可以让他受到精神的洗礼，思想的熏陶，能指引他辨明人生前进的正确方向。春暖花开，适逢植树佳节，九里小区的物业打来电话，组织业主种树留念。小树的名字从"小豆苗""小禾苗"到最后确定为"德米安"。希望"德米安"陪伴着小豆豆苗壮成长，无惧风雨，砥砺前行。

译者　尹岩松

2019 年 3 月

赫尔曼·黑塞（Hermann Hesse，1877—1962）

德国作家，诗人，被称为"德国浪漫派的最后一个骑士"。

1946 年获得诺贝尔文学奖。

代表作：

《在轮下》

《悉达多》

《德米安：彷徨少年时》

《荒原狼》

德米安：彷徨少年时

Demian Die Geschichte von Emil Sinclairs Jugend

图书在版编目（CIP）数据

德米安：彷徨少年时 /（德）赫尔曼·黑塞
（Hermann Hesse）著；尹岩松译 . — 长沙：湖南文艺
出版社，2019.5（2023.2 重印）
 ISBN 978-7-5404-9115-4

 Ⅰ.①德… Ⅱ.①赫… ②尹… Ⅲ.①长篇小说－德
国－现代 Ⅳ.① I516.45

中国版本图书馆 CIP 数据核字（2019）第 047838 号

上架建议：外国文学 · 经典

DEMI'AN ：PANGHUANG SHAONIAN SHI
德米安：彷徨少年时

作　　者：[德]赫尔曼·黑塞
译　　者：尹岩松
出 版 人：陈新文
责任编辑：薛　健　刘诗哲
监　　制：蔡明菲　邢越超
策划编辑：姚长杰
营销支持：傅婷婷　刘斯文　周　茜
版式设计：梁秋晨
封面设计：利　锐
封面图片：视觉中国
内文排版：百朗文化
出版发行：湖南文艺出版社
　　　　　（长沙市雨花区东二环一段 508 号　邮编：410014）
网　　址：www.hnwy.net
印　　刷：北京中科印刷有限公司
经　　销：新华书店
开　　本：875mm×1270mm　1/32
字　　数：150 千字
印　　张：8.5
版　　次：2019 年 5 月第 1 版
印　　次：2023 年 2 月第 5 次印刷
书　　号：ISBN 978-7-5404-9115-4
定　　价：42.00 元

若有质量问题，请致电质量监督电话：010-59096394
团购电话：010-59320018